TODO ARDE EN SECRETO.

RELATOS NERVIOSOS

Marcos Santos Gómez

Título: Todo arde en secreto. Relatos nerviosos.

Autor: Marcos Santos Gómez

1ª edición: enero de 2019

ISBN: 978-84-09-08289-6

Depósito Legal: GR 71-2019

Edición: Amazon.com

ÍNDICE

Presentación y advertencia

Mi insolencia resulta injustificable. La insolencia que ya de por sí supone añadir nuevos textos al mundo, agravada por la de haber publicado estos relatos en particular, que hilan barbaridades y desmesuras para componer un libro que nadie sensato debería leer. Sí. Me he atrevido a dar vida a estos engendros y ahora solo me queda lamentarlo. Desde luego, exponerse al público veredicto debería ser el destino habitual de aquello que uno escribe, incluso cuando es un diario íntimo o una efusiva declaración de amor. Es lo normal y así va a ser. Lo publico entonces. Pero quede claro que aunque sea su autor, no tengo nada que ver con estos cuentos. No soy yo, sino ellos. Son mayorcitos e independientes y saben caminar solos, aunque su destino final consista en perderse y ser ignorados. Porque no son más que desvaríos. Los pongo en el mundo cubriendo mi rostro con las manos.

¿Cómo he podido escribirlos? Me lo preguntaré mil veces. Son excesivos. No dicen nada, no quieren nada, no creen ni siquiera en ellos mismos. Son reflejo de demenciales estados nerviosos. Por eso, si tuviéramos que inventar un género nacido y muerto a la vez con este libro, lo denominaríamos "prosa nerviosa" o "relato nervioso" o incluso "prosa histérica", y así se hace constar en el título abominable. Escribo esta presentación en el día de Navidad y no puedo sino sentirme absolutamente identificado con Mr. Scrooge, de alma turbia que asiste alucinada al grotesco espectáculo de los espectros moralistas, para concluir que Dickens y los fantasmas se equivocan. El asco es lo único que existe. Puesto a ser un personaje de Dickens, desde luego me quedaría con Mr. Pickwick, pero mucho me temo que no estamos más allá del ponzoñoso anciano que odia la Navidad digan lo que digan los tontos fantasmas. De todos modos, da exactamente igual quién o cómo sea el autor de estos relatos. Repito que eso no cuenta.

Como único mérito de estas historias me parece que está el de no parecerse a fábulas con moraleja. Incluso debo avisar que nada en ellos es verdad ni tratan de transmitir un mensaje de ningún tipo y esas cosas. Dios me libre. En todo caso sí podría afirmarse que su estado natural es el de estar peleados con el mundo. Por eso ni se basan en historias o personas reales, ni pretenden albergar verdades de ningún tipo. Son pura ficción y cualquier coincidencia con la realidad sería, en caso de haberla, una simple casualidad.

En este subgénero, caduco nada más nacer, todo lo narran seres al borde del colapso, fuera de sí, superados por lo que les sucede, o sea, por la propia existencia; seres que experimentan como un incendio la realidad, a la que deben tocar solo breves instantes para no quemarse y aguantar un poco más hasta el definitivo sofoco y combustión. Llaman éxtasis a lo que no es más que muerte, pura muerte. Son voces huidizas, que se escapan, que expresan un estupor malsano. La prosa exaltada distingue a este subgénero, que además se caracteriza por que la voz del narrador, a punto de superar los límites de su aguante, intenta relatar a trompicones un episodio en la búsqueda de esos éxtasis torcidos, producto de la mera histeria, que buscan con métodos contraproducentes o, aun peor, en tramas que degeneran en una terrible frustración y fracaso...

Estas vidas extremas, situadas al límite, en su impotencia, nunca debieron ser aireadas. Pero en esta locura contemporánea de la ficción que nos envuelve y que somos, pueden aspirar a enredar un poco más la cosa, medito con malicia. Porque enredos, ominosos enredos somos y nada más que eso. Así que publico este puñado de cuentos para echar más leña al fuego

Crónica de pesadillas

Las visitas de seres desconocidos a mi casa han aumentado en los últimos tiempos. Se trata de un constante trasiego que he debido asumir como cosa inevitable. Acuden también viejos conocidos que daba por seguro que jamás se volverían a cruzar conmigo, seres que habían sido arrojados de mí, pertenecientes a épocas que finalizaron con mejor o peor fortuna. Pero los más perturbadores son los que remiten a sueños y ansiedades y, rayando en la extravagancia, hemos de considerar la visita de seres monstruosos. Por esta razón, mi soledad, repartida habitualmente entre prolongados ratos de lectura y el visionado esporádico de series televisivas que trato de justificar considerándolas obras maestras, rebosa para mí una intensa vida social.

Lo más llamativo de esta situación data de hace unos quince años. O tal vez veinte. No todas son visitas agradables; de hecho casi nunca lo han sido, pero me acostumbré a soportarlas y ya hasta las espero.

Podemos considerar que la incubación de todo esto remite a la temprana infancia. Muy al principio, las sensaciones constituían solo imágenes poco nítidas que durante el sueño irrumpían, generalmente terroríficas. Con frecuencia el miedo también era invocado a la mañana siguiente por una mesa que parecía haberse desplazado unos centímetros, un flexo que se había encendido solo o el leve movimiento de la cortina. Pero lo peor era el acecho de una oscuridad llena de ojos, que aún hoy envenena mis noches, como vaga sensación de que alguna misteriosa inteligencia está presente, observando, conspirando para sabotear mi sueño y cuya última intención desconozco.

También me sucedía algo extraño que hoy no acabo de creerme, pero que evoco con intensa realidad: soñar con personas que en la siguiente jornada conocería por primera vez. Me acostumbré a que habitualmente se me presentaran en el sueño acontecimientos que después viviría, tomándolo por algo natural. Debo precisar que no se trataba del clásico *déja vu* sino de una verdadera anticipación del futuro que podía recordar de un modo concretísimo. Tenía la imagen exacta de ese sueño anticipatorio que siempre coincidía en un futuro inmediato con la realidad.

Hace unos veinte años este segundo espacio de mi existencia, de cuyo relato se ocupan estas líneas, comenzó a condensarse en concretos puntos de horror. Eran sensaciones como la de un ruido explosivo o una voz chillona gritando directamente a mi oído, igual que si perteneciera a alguien que se hallara junto a mí y tratara de despertarme. Tembloroso buscaba a tientas, y aún busco, el interruptor junto a mi cabecero, dando golpes en la pared con la mano abierta, en la oscuridad. Un día, un vecino vino a llamar en la puerta de mi casa alarmado tras haberme oído soltar alaridos, pidiendo socorro en mitad de la noche.

Otra experiencia temprana es la de una sensación y seguridad absoluta de que alguien se ha sentado en mi lecho o permanece de pie en silencio junto a mí, con la mirada fija en mi cabeza o a un palmo de mi rostro. Esta impresión en sí produce un impacto terrorífico, pues suelo razonar entre sueños que nada bueno puede esperarse de alguien o *algo* que te vigila con los ojos muy abiertos, que se nota pesar como un lastre atado a uno mismo, hasta hacer que me despierte. A veces lloro o sangro por la nariz. De vez en cuando esta presencia se manifiesta al modo de un contacto con mi cuerpo, una experiencia táctil de ser tocado en la pierna o la espalda.

Por supuesto, no podía sino pensar en fantasmas y relacionar todo esto, de apariencia tan extraordinaria y sobrenatural, con el mal. Pero en ocasiones, a pesar del grito de horror que arrojo bañado en sudor, comprendo que no es *algo* malo del todo. Incluso diría que en ocasiones se trata de un ángel.

Estas vivencias antiguas siguen hoy tenazmente poblando mis noches, solo que se han ido añadiendo a ellas de un modo progresivo las nuevas, más vívidas, complejas y prolongadas, que se van superponiendo a las antiguas y aumentando el ajetreo nocturno, cuando no estoy ni despierto ni dormido.

Esto duró sin nuevas formas hasta aproximadamente cumplir los treinta años. Ha sido después cuando todo se ha ido precipitando. Tan solo, de esta primera etapa anterior a mis treinta años, con la visita de entidades abstractas o menos definidas tengo que evocar, entre la chufla y la ternura, un caso concreto. Fue la noche en que sentí una presencia física, real, de carne y hueso, para deducir entre sueños que se trataba de un asesino o de un ladrón que entraba en mi dormitorio. Aquello respiraba *de verdad*. Lo sentí franquear la puerta de mi habitación, palparme y cuando mis gritos pudieron con esfuerzo ser arrojados de mi garganta, la otra *cosa* o *presencia* aulló llena de estupor, hasta la asfixia, con estertores ansiosos y también, como yo, mientras sus manos buscaban torpemente en la pared el interruptor, con el fin de que la luz disolviera el espanto. Lo que esta reveló no fue sino la imagen de mi amigo X, a quien considero ayer y hoy más real que yo mismo. Compartíamos el dormitorio y se había quedado a ver en la tele hasta tarde un documental de psicópatas y asesinos en serie que le había impresionado. Cuando se recogía para acostarse, en la misma habitación donde yo dormía a solas con mis horrores, fue asaltado por mis alaridos en la oscuridad malsana. En el momento en que se hizo la luz, nos miramos aterrados el uno al otro, gritando durante segundos interminables. Pronto se nos hizo evidente, con el resuello todavía agitado, que éramos dos amigos recíprocamente asustados y que no había que temer del otro más que de uno mismo.

Pero estas experiencias no pasaban de ser amables preámbulos de lo que estaba por venir. Vayamos ahora al lapso temporal que arranca con el siglo, hace unos dieciocho años, aunque habrá que emprender un breve paréntesis y *flash back*. Porque en el presente viven activos y actuales los momentos del pasado, todos los tiempos en un mismo tiempo, como si uno estuviera saltando constantemente del presente al pasado y del pasado al presente, bajo la vaga sombra del futuro que se va perfilando en el horizonte, punto final y *arquimédico* donde nuestras vidas cobran su sentido, su forma definitiva.

Mi vivienda actual la había habitado previamente una familia. Un matrimonio con dos hijas. Gente que conocí pero con la que no intimé demasiado. Se trataba de personas normales y, como yo, amantes de la lectura. Como yo mismo ahora, tenían habitaciones y paredes saturadas de libros, revistas, atlas y mapas, enciclopedias, diccionarios, etc. Recuerdo la cálida sensación de abrazo cuando entré en una de las habitaciones de la casa completamente atestada por todas las paredes, desde el suelo al techo, de libros y más libros, que parecían envolverme.

Estuve los primeros años sospechando, no sé por qué, que alguno de ellos, acaso una de las dos hijas, o las dos, o vete a saber si la familia en pleno, habían celebrado una *ouija*. Yo mismo varios años atrás, mucho antes de adquirir el piso, había asistido a una sesión de *ouija* espectacular. Hasta dicha sesión, ocurrida en mi último periodo de estudiante en la universidad, los intentos de *ouijas* anteriores habían sido todos vanos. Ahí nadie se manifestaba y nunca pasaba nada diferente de las risitas y el tonto nerviosismo de los celebrantes. Pero hete ahí que funcionó un buen día.

Pasó en el piso donde residía en mis últimos años de carrera, en torno a 1995, que era una enorme casa de varios niveles con un bajo o sótano donde estaban dos lóbregas habitaciones, como celdas de una prisión o cuevas. En una de ellas, igual que una mazmorra de algún filme de horror bizarro, pendían unas extrañas cadenas que allí se quedaron. Nunca quisimos ni siquiera imaginar qué hacían ahí y quién y para qué las había puesto. En la otra habitación siniestra los muebles estaban llenos de telarañas y olían raro. Nada de eso nos afectó, hasta el fatídico acontecimiento de la única sesión de *ouija* exitosa en la que he participado.

Aquella casa fue importante porque en ella pensé por primera vez y con seriedad en la muerte, nuestro sino mortal que es eludido en las preocupaciones de adolescencia y primera juventud. Fue la repentina y segura certeza, mientras observaba mi antebrazo, de que aquel miembro se pudriría. Es difícil describir la intensidad con que llegué a ser consciente de este destino seguro, del cierto e ineludible final del camino. Un vivo antebrazo, de nervios y músculos palpitantes, lleno de energía, concretísimo, que todavía hoy veo con sus treinta y seis grados de temperatura, regado por la sangre y la linfa, albergando su fina malla de nervios, de compleja estructura ósea formada por huesos vivos y sensibles; un antebrazo que se esfumará.

La sensación y la idea de la muerte, de desaparecer físicamente de un plumazo, se me pegó al alma; sin embargo y hasta cierto punto la habían anticipado mis pesadillas sobre un holocausto nuclear en los coletazos de la Guerra Fría, durante los años ochenta. Algunas pesadillas de entonces consistían, por ejemplo, en que un rayo disparado por una pistola espacial me desintegraba, lo que quiere decir que me hacía desaparecer por completo, físicamente, en una nada horripilante, como si nunca hubiera existido, como si me quisiera palpar y no pudiera tocarme, como si ni el recuerdo ni un cadáver siquiera quedara de mí. Es difícil describir hoy cómo aquel miedo a la muerte atómica capaz de volatilizar un cuerpo en décimas de segundo había calado en muchos niños.

La *ouija* la celebramos en el piso de la gran casa que daba a la fachada, es decir, el primer nivel de la mansión por encima del sótano. Éramos seis estudiantes, cuatro españoles, una estadounidense y un marroquí. Hay que precisar esto por lo que pronto vamos a revelar. Fue crucial también que hubiera un par de oficiantes que conocían bien cómo invocar, interrogar y, finalmente, abrir la invisible puerta fantasmal para que el espíritu abandonara la casa. Si no, se dice, esta puede quedar encantada.

Mi ánimo y previsión era que, como siempre, allí no pasaría nada. Absolutamente nada raro o anormal como los fenómenos aparatosos de las películas, donde intervienen *poltergeists*. Por otro lado, guardaba en mi memoria el recuerdo de que cierto familiar había celebrado impactantes sesiones que llegaron a obsesionar y aterrorizar de tal manera a él y sus amigos, simples colegiales, que los adultos de las distintas familias tuvieron que intervenir para asegurarse de que no siguieran practicando su espantosa obsesión. Nunca he sabido exactamente qué pasaba en esas funestas reuniones, aunque alguien me dijo que se les manifestaba un egipcio del tiempo de los faraones y espíritus de antepasados recientes y miembros fallecidos de la familia.

Así pues, con el vago recuerdo de aquellas ajenas experiencias esotéricas, contundentemente negadas e impugnadas por mis propias experiencias frustradas, nunca fui testigo de un contacto veraz con la condensación de lo terrible; el espanto inefable que no podía describirse o pintarse porque sencillamente no era nada o porque llena todo siendo nada, como si lo horrible fuera que todo esté no vacío, sino lleno de *algo* o lleno de una nada.

He ostentado toda mi vida, desde la niñez, un orgullo filosófico, una suerte de fe intelectual que cura de espantos. Si me invadía el temor en mi casa familiar, algo destartalada y también de varios niveles, en las tormentosas noches del invierno durante los numerosos apagones, intentaba vencer los miedos con razones filosóficas o verdades científicas. No había ningún fundamento para sospechar de la presencia de ningún fantasma, de que existieran fantasmas. Sin embargo, los terrores nocturnos y las pesadillas me asediaban también por entonces y contradecían de noche lo que afirmaba de día. Cruzar el oscuro pasillo a tientas en medio de la tiniebla era, en el fondo, un mal trago.

Pues bien, como decía, la *ouija* celebrada en la época final de mis estudios resultó exitosa. Relataremos lo sucedido en la segunda parte de esta crónica de horrores. Todavía hoy, cuando lo recuerdo, me parece espeluznante. Yo traté de salvarme del temor asiéndome al flotador de la razón y la ciencia, mientras agradecía en silencio y con orgulloso disimulo que aquella noche durmiéramos en las tristes habitaciones acompañados unos de otros, echando mano de sacos de dormir o incluso sobre el duro suelo, con tal de dormir acompañados.

**

Con la ayuda de amigos expertos, pero sin que ninguno de nosotros sobrepasara los veinticinco años, esta vez yo mismo fui al encuentro de la pesadilla. Resulta contradictorio que el mismo prurito filosófico que me valía para infundirme valor durante los apagones de electricidad en las noches de tormenta, las travesías campo a través en la madrugada sin luna o cuando he echado algún sueñecito a la vera de viejas sepulturas, incluso sobre ellas, en perdidas iglesias rurales del Norte de España, este mismo prurito, digo, que desnudaba y vencía a los terrores por irracionales, en aquella ocasión me había conducido a arrojarme en los mismísimos brazos de la pesadilla. De algún modo, quise ponerme a prueba y me tentó la posibilidad de hallar algún puñado de "verdades" acerca del más allá. Y aquí la curiosidad rompió el saco.

La *curiosidad*, que puede resultar tanto una bendición como una engañosa trampa, que señalaba en sus *Confesiones* el santo de Hipona. Recuerdo la frase: "Me consumí en un mar de iniquidades en pos de una sacrílega curiosidad". En otro momento describe con mayor *carnalidad* su juvenil "curiosidad" que no solo afectaba a la búsqueda de libros:

"Habité en una crepitante sartén de concupiscencias". Es condición de la santidad la travesía del horror y el pecado, e incluso padecer la experiencia del infierno. Así que resulta que la filosofía, que consiste en la *curiosa* conciencia del propio vacío más la frustrada y trágica empresa de llenarlo, nos puede iluminar tanto que nos deslumbre y resulte que lo que parece un oasis para la curiosidad no sea más que una orgía de fantasmagorías.

Así pues, la bendita o la sacrílega curiosidad me condujo a participar en una sesión de espiritismo. Quizás hoy mi orgullo no lo toleraría, aun cuando no dejen de abordarme fantasmas según voy cumpliendo años y creyendo más en ellos. Ya no hace falta invocarlos porque se nos cruzan en el camino y la *ouija* queda desbordada por el curso de las cosas.

La escena fue la típica. Estábamos congregadas seis personas en torno a la tabla y el vaso. Una gran sala de estar con enorme chimenea y mobiliario rústico, aunque no lejos del centro de la ciudad. El maestro de ceremonia inició las primeras invocaciones y pases. Tras estos primeros momentos del ritual, *algo* mostró su presencia. Algo intangible, primero como la fuerza que invisiblemente unía nuestros dedos y los movía con perfecta coordinación para deslizar el vaso. Más adelante lo sentimos como uno más de nosotros. Según interactuábamos, todo resultaba más inquietante e incluso llegó a ser impresionante. Cada uno rozaba con suavidad la yema del dedo índice sobre la base de un vaso de cristal invertido. El contacto de los dedos con el mismo era asombrosamente débil. Nadie apretaba. Me aseguré mucho de comprobarlo, de mirar una y otra vez por si alguno engañaba a los demás. Salvo que operara una rara forma de autoengaño inconsciente, puedo certificar con seguridad que nadie estaba haciendo trampas ni en el ajo con nadie. El más *racional* escepticismo, que me duró bastante tiempo, hizo que me dedicara un buen rato a cerciorarme de ello y a vigilar cualquier indicio de tongo. Seguramente por esta actitud "racional" de sospecha por mi parte, el espíritu declaró que yo era el único a la mesa que le caía mal. Incluso enfatizó más su diatriba asegurando que en realidad yo le caía fatal, peor que nadie.

Íbamos cambiando las personas que tocaban la base del vaso, nunca más de cuatro, para evitar trampas. Por eso mismo, era impensable que el vaso estuviera siendo manipulado. *Se deslizaba tirando él de nuestros dedos y no al revés* (la sensación de esto era indudable). No había tiempo para llevar a cabo ninguna trampa, es decir, nadie podía influir de manera consciente en la dirección del movimiento y además aunque así fuera, era imposible que lograra inducirnos a todos a la vez a seguirle. El vaso se movía con gran energía en direcciones muy definidas y "decididas" por ese *algo*.

Según pasaba el tiempo cobraron intensa realidad todas las supuestas memeces que se cuentan o que uno ve en el cine o la televisión, lo que me hizo temer y desear, al mismo tiempo, ver el espectáculo de objetos volando, platos estrellándose, voces de ultratumba, apagarse las luces, reventar el televisor, levitar todos de súbito, que alguien fuera poseído y entrara en trance, etc. Llegué a percatarme de que, de un plumazo, los temores de que tanto me había mofado, los que rechazaba a golpe de ciencia cuando atravesaba los oscuros pasillos de mi infancia, las especulaciones de famosos *bestseller* sobre vida de ultratumba (incluido el dichoso túnel con la luz al fondo), los descubrimientos del Dr. Jiménez del Oso, los OVNI y hasta lo relatado en las novelas de Stephen King o la película *El exorcista*, todo ello, en definitiva, podía ser grotescamente cierto. Adiós a la ciencia y a la filosofía, entonces. Por esto, la ronda de preguntas y las respuestas del espíritu supusieron en mí algo así como un agujero de gusano abierto en nuestro salón que me conducía a todo un nuevo universo por explorar, a terribles grietas en la razón. El mundo mostraba sus entrañas horribles.

No recuerdo con detalle todo el "diálogo", pues hace mucho tiempo de esto. Sí recuerdo que el fantasma se identificó como un musulmán granadino de la época nazarí (lo que ciertamente fue bastante sospechoso por tópico, ya que la sesión ocurría en Granada). Pero la sospecha por haber sido previsible, convencional y tópico el fantasma, puede acrecentarse con otra curiosa coincidencia: que el espíritu entendiera el árabe y contestara bien a las preguntas del amigo marroquí. ¿Por qué sabía árabe y no chino? Sea lo que sea, el espíritu corroboró la verdad de la existencia de Dios y la verdad de la religión musulmana. También admitió conocer a Jesucristo.

No puedo pasar por alto, una vez más, que el espectro afirmó que me odiaba, que le caía espantosamente mal y que era el único de la reunión al que detestaba, pues los demás sí eran buenas personas. Fue un mal trago. Más aún porque un gracioso de los presentes preguntó algo, como quien no quiere la cosa, que si sale mal, hubiera acabado con mi salud. Quizás hoy estaría mal, muy mal de los nervios. La pregunta en cuestión fue si yo iba a ser castigado.

De súbito alguien se percató de la gravedad de la circunstancia que allí se había abierto por la pregunta terrible acerca de si el fantasma pensaba castigarme. Durante décimas de segundo no acabé de encajar bien el alcance de la pregunta, es decir, el peligro de que podía acabar mis días como la niña de *El exorcista*. Enfadado por la cuestión, otra alma caritativa se compadeció y protestó vivamente contra la pregunta y su autor. Pero ya había sido formulada y el espectro la había escuchado. Con alivio comprobamos que dio la respuesta de que, aunque yo le caía horriblemente, no me iba a "castigar"; lo que permitió que pudiera dormir esa noche y que haya podido disfrutar de cordura el resto de mis días.

Digo que sin embargo todo fue sospechosamente tópico. En Granada se manifiesta un musulmán de época nazarí y no alguien de época romana o ibera. Es como si en el Orinoco se nos presentara el fantasma de Lope de Aguirre o en México D. F. el espíritu de Moctezuma. ¡Qué presencia tan esperable y obvia!

Ignoro si lo acaecido en aquel año remoto sirve de mucho, como para añadirlo al baúl de las verdades. Quedan preguntas abiertas: ¿Fue aquella sesión, que jamás he vuelto a desear que se repita, una impostura de alguien que sabía determinar las respuestas y controlar los movimientos del vaso? ¿Cómo fue posible que el vaso acometiera tan firmes y poderosos movimientos si prácticamente no era presionado? ¿Cómo podía haberse dado el supuesto acuerdo inconsciente por el que un líder va guiando con su "fuerza" mental a los demás? ¿El viejo magnetismo decimonónico? ¿Telepatía? ¿Sugestión? ¿Histeria? ¿Hipnosis? ¿La "energía" con que nos tiene ya hartos el movimiento *new age*? ¿Con qué desconocidas potencias de la psique funcionó aquella supuesta ilusión, si es que lo fue? En cualquier caso yo he acabado suspendiendo el juicio y callando cualquier respuesta definitiva; queda el evento espiritista como un corto paréntesis en mi vida del que hacer epojé para seguir confiando en la sensatez y la cordura del universo. No volveré a pensar en ello cuando termine de escribir estas líneas.

No obstante, debo confirmar que fue una experiencia terrorífica. Constituyó una conmoción que nos obligó a dormir con la luz encendida muchas noches posteriores y no digamos las primeras noches que pasamos en las habitaciones de la mansión, donde en cierto modo éramos también espectros, fantasmas en los que hoy nos cuesta reconocernos. ¿De verdad somos aquel puñado de casi adolescentes? ¿Éramos nosotros? Supongo que hay creer que verdaderamente fuimos esos jóvenes, por seguir la costumbre. El caso es que no pudimos dormir solos por un buen tiempo, habiendo de recurrir a sacos de dormir o a la alfombra y unas mantas sobre el duro suelo.

Como dato curioso, he de mencionar que uno de los intervinientes en la sesión, que no soy yo, con el tiempo ha llegado a escribir una novela de zombis. ¡Cuidado! No nos engañemos con lo que son verdaderamente los zombis; nada que ver con *The walking dead*, sino con un horror más discreto, inquietante, como un vago presentimiento de que alguien nos dirige, de que no somos quienes creemos ser, de que nos engañan hasta la atrocidad. Tiene que ver con ominosos atentados contra nuestra identidad personal y con el hecho de que todo se borre un día en nosotros por la enfermedad degenerativa o la vejez y, como espectros, vaguemos por ahí sin saber quiénes somos. Nada de zombis sangrientos ni terror gore (que provocan antes risa que miedo), sino zombis auténticos, como los que son producto de los horrendos rituales del vudú, seres muertos en vida, seres de espíritu enajenado, sin poder sobre ellos mismos. No es cuestión de sangre o vísceras. Es peor.

El caso es que, retornando a tiempos más recientes, reviví el frío pavor a los fantasmas, materializado de nuevo (tanto el pavor como los fantasmas) por mis aullidos de terror en la noche, cuando busco con desesperación el interruptor de la luz e increpo a Satanás para que se marche ("vade retro" le espeto y así lo escuchan los vecinos, según me aseguran). Me pregunto, en medio de esas pesadillas, incapaz de seguir durmiendo, si la casa no estará llena de fantasmas, sospecha que alguien reforzó cuando juró haber visto en mi casa una sombra que cruzó veloz. En realidad, muchas sombras, como si hubiera una especie de reunión de espíritus; todas apareciendo fugaces para desaparecer al momento. Entonces especulé con que en el pasado en mi casa se hubieran celebrado auténticos aquelarres. Si es así, me digo, ¡qué sórdidos espantos habrán visto estos muros! Espantos que aún pueden estar rondando mi dormitorio, rebotando en las paredes como un eco angustioso. O aún más sencillo: ¿alguien practicó una *ouija* y no echó convenientemente al espectro? Los antiguos inquilinos parecían personas *curiosas*. Si es así, aun me quedan océanos de sufrimiento.

Esta zona de peligro por la que lo cotidiano se da la vuelta y se torna horrible puede ser alcanzada de la manera más tonta. Hay otras formas más sencillas de invocar fantasmas, distintas a una *ouija*. Te levantas, por ejemplo, un día y presientes que has departido la noche anterior con *algo* sombrío a lo que vertiste tus consideraciones más secretas, algo que te escucha, que te acompaña de copas toda la noche y cuya degeneración procuras olvidar, pero sigues viéndolo en tus días restantes, te saluda en la tranquila terraza de un bar y te hace una seña ominosa, recordándote que lo que más temes no ha sido un sueño y que podrían desbocarse, como una *nightmare,* tus peores miedos en la más apacible sobremesa. Un miedo que retorna incluso en esas sobremesas soleadas de butaca, café y cigarro que Bécquer consideró inmunes al horror.

Ciertamente, la juventud es la edad más propicia a fomentar grotescos encuentros con cosas horribles que se toman por aventuras y vivencias que uno ha de acumular constantemente. Hoy sé que lo único que se acumula es el asco.

Bien es cierto, que los años densifican las pesadillas, que estas dañan y vienen de mala manera. A una edad más adulta lo que aflora, si se persiste en tales noches luctuosas, es ya algo serio. No viene teñido de inocencia. No es ya camaradería. Cuando se sigue eternamente en ese carril, todo deja de ser inocente o una trivialidad de adolescentes, prolongándose no la juventud perdida, sino la abominación. Los monstruos brotan como espinosos cardos, como ortigas, como demonios que amenazan con perseguirte hasta el delirio. La cosa va en serio. Todo puede desencadenarse cuando una mañana, al despertarte, pasados los cuarenta años, te preguntas, ¿por qué todo el mundo miraba para otro lado? Es mejor no intentar esta senda...

Mejor olvidarse de la remota posibilidad de que uno decida irse de copas en hermandad con sus miedos y que estos te envuelvan, pegándose a tu cuerpo como una gran boa que te comprimiera el pecho más en cada exhalación.

Me refiero a ese tipo de horror que te merma, que sientes como espada de Damocles, un lastre infame, un miedo que se agiganta cada día hasta que se hace dueño de ti para llenarlo todo como una inundación. Desearás que todo haya sido un sueño. Incluso querrás no estar vivo, pero ya no podrás hacer nada por remediarlo…

Sentir esto tras el exceso. La faz del pecado. Sentir que tus peores temores son ciertos, convencerte de que eso ha sucedido y de que aquella cosa ha existido realmente. Verte a ti mismo desde fuera, departiendo vergonzosamente con almas que se pudren en malos tugurios, entre seres repetitivos e insanos, dementes de vómito y lujuria, viciosos hasta las heces; torpes vivencias que a la mañana pesan y se incrustan en el ánimo para siempre. La noche, donde cualquiera puede ser su peor sombra, como Jekyll y Mr. Hyde, es otro universo paralelo de horrores, otro infierno.

Si lo haces, sabrás que te has podrido un poco más, que acabas de añadir otra miseria a tu ya ingente montón de basura, que se agiganta el lastre de defectos y vas alejándote de toda belleza, bondad y pureza. Sabrás con razón que algo en ti está degenerando y acabarás deslomado por andar con el peso de tus miserias encima, cargándolas en un hatillo de inmundicias que ya irá contigo a todas partes. Ni siquiera Dickens se apiadará de ti. Y según vas mancillándote con cada acción terrible y disoluta, la persona que eres se va oscureciendo.

Reclama ahora la palabra otra pesadilla que se instala en la mente y acaba abarcándolo todo, poniéndola a su servicio. Hasta cierto punto es un exceso de la inteligencia… pero lo dejamos para la tercera parte de esta aciaga crónica de horrores pasados y futuros.

***

No podemos sino continuar nuestra penosa crónica de las pesadillas que nos atormentan con un defecto atribuible a un exceso de la inteligencia, es decir, causado por una inercia del entendimiento que no puede detenerse y necesita proseguir en busca de más asuntos de que ocuparse, tras haber agotado la realidad. Es esta misma inteligencia "creadora" e imaginativa quien debe fundarlos. Al menos, pienso que esto podría ser el germen de una teoría que explicase este nuevo horror hasta cierto punto voluntario: la hipocondría; o combinación de imágenes que nos asedian a partir de nuestros miedos, pero que también obedecen al prurito de ocuparse en algo.

Una sensación en el propio cuerpo se agiganta y nos acaba invadiendo: nuestro yo, nuestra ilusión, nuestros nervios, nuestras expectativas y esperanzas. El hecho magnificado por nuestras proyecciones subjetivas, aunque se dé a partir de un dato objetivo, llega a presidir nuestro espíritu como un demonio que nos poseerá muchos años; una inagotable fuente de angustia.

Resulta curioso que con un simple cambio del enfoque, la ingente cantidad de ansiedad y pena que arrastra esta maligna obsesión que se denomina hipocondría, la agitación y la amargura que nos regala, cesen para convertirse en motivo de risa...pero es una simple tregua. Pronto llega la próxima obsesión.

Contaré un caso curioso. Como siempre, comienza un día remoto de la infancia cuando alguien te cuenta que conoció a una persona que tenía gusanos en el oído. Puede haber sido un comentario exagerado de algún listillo de la clase o haber sucedido de verdad. En cualquier caso, será algo que la víctima de este mal del espíritu, es decir, el hipocondriaco, nunca vio; tan solo lo ha imaginado. Tal vez ni siquiera recuerda exactamente lo que se dijo. La idea impresionante quedó, no obstante, como en un hatillo en la memoria. Pongamos ese día de la infancia en que nuestro obsesivo hipocondriaco supo que se podían tener lombrices... en los oídos. Esta persona habrá vivido treinta o cuarenta años en que esto apenas afloró a la conciencia. Quedó en letargo, pero en incubación, latente, vivo, en ese órgano que es el inconsciente.

A la vuelta de más de media vida, un buen día se levanta nuestro hombre o mujer exultante sintiendo cosquillas en el oído. Entonces adviene como de la nada aquella información que parecía ya disuelta. Y medio en broma, nuestro hipocondríaco comienza a creer que tal vez… sea posible. No sabe de dónde viene la idea. Bueno, una simple escena, un momento que parecía condenado al olvido, una maldita anécdota. Durante toda una vida plagada de experiencias y asociaciones mentales, se habrán nutrido nuestros gusanos, habrán tomado distintas formas.

Nadie recuerda haber conocido a ninguna persona con esa especie de infección *gusanil* en los oídos. Lo más próximo es haber contemplado una de las salvajes infecciones que sufren los animales en las heridas o los espantosos ataques de parásitos. Quistes como melones. Garrapatas que asesinan formando montones que envenenan y chupan toda la sangre del animal exhausto hasta la muerte. Llegan a matar incluso a un enorme alce. Pero, claro, esto solo ocurre en los animales, piensa nuestro sujeto. Recuerda que hay una rama de la medicina que trata de ello. Alguna vez incluso hojea un extenso manual universitario de parasitología, lleno de espantosas fotografías, para cerrarlo en minutos a punto de desmayarse. Alguien le cuenta otros casos raros, en otras latitudes, y termina concluyendo que el número de parásitos a nuestro alrededor, como el de los estultos según el *Qohelet*, es infinito.

Ahora viene la segunda parte. Cuando comprueba que le pica el oído cada vez más, por dentro, de un modo imparable, razona que algo debe de haber, *algo que crece dentro*. Recuerda que el otro día, jugando con un perro, este le propinó tres lametones cerca de la oreja. Como plomo le pesa y casi aplasta lo que advierten tanto los médicos: que jamás se debe dejar que un perro nos lama, pues sus hocicos portan un sinfín de bacilos causantes de extrañas enfermedades.

Para esta incubación del miedo, Dios creó unos días muy largos. Cuando se dice nuestro hombre "es una simple otitis" resulta que sabe en el fondo que continúa persistiendo una extravagante posibilidad…mas, no puede ser, se dice, es una chaladura, porque, a ver, echemos mano de la probabilidad y los factores de riesgo racionalmente sopesados; es muy escasa la probabilidad de tener el oído copado por infames gusanos. Pero, nunca había sentido este *tipo* cosquilleo en otros brotes de otitis, se responde. El picor persiste y aumenta por la noche. A veces se palpa lo que parece una leve inflamación y se atreve, tembloroso, a hurgar con un palillo por si... pero nada, lo que es verlo, no ha visto un solo gusano; acaso porque nunca salen, porque solo acechan; pero están ahí, sin duda, apelotonados. Y si hacen cosquillas es que están comiéndote.

Le erosiona el entendimiento la sensación de albergar en la intimidad del propio cuerpo algo inmundo, en lo que piensa todo el rato, mientras disimula, un hecho *imaginado* que se transforma en lo más real del universo, más evidente que el sol o las nubes. Sí, nuestro sujeto logra llevar una vida normal, pero a costa de sus nervios cada vez más afectados. Intenta lavarse, oler bien, vivir pulcramente, pero no se puede engañar acerca de la inmensa suciedad que porta. Trata de cuidar su higiene, pero como si así limpiara mágicamente la mancha indeleble que palpita, como un chamán expulsando a los malos espíritus. Ducharse forma parte de esa secreta liturgia.

Imagínense a este hombre o mujer aterrado como si albergara un *alien* en las entrañas. Esta película de algún modo encarna ese miedo. El cine ayuda a forjar estos horrores; es un buen aliado suyo. Mas nunca podrá ser suficientemente alabada la colaboración de Internet en estos males. De hecho, a nuestro héroe le asalta la imagen más desagradable que ha visto en la Red y en su vida entera; el caso de alguien que se quejaba de un sencillo dolor de cabeza. Nadie le hacía caso, pero tenía *vivas* razones para quejarse. De hecho, solo ya fallecido se llega a constatar en la autopsia que tenía millones de razones que se contoneaban para que le doliera la cabeza. Cuando le extrajeron el cerebro lo comprobaron… y tú, hipocondriaco, viste la foto.

Es posible tener cualquier parte del cuerpo llena de lombrices. En los oídos, en particular, ha llegado a haber de todo. Hasta cucarachas. Los niños parecen atraer estos espantos. Hechos y datos objetivos a los que nuestro sujeto suma uno nuevo: que en cualquier consulta de atención primaria saben, aunque lo oculten, que si se tienen lombrices en el aparato digestivo, estas podrían aparecer por las narices. Trepan por el esófago y, aunque el fenómeno no suponga gravedad, causa un gran impacto moral en el afectado. Sí, es posible. Pueden llegar a salir por la nariz.

Pero además pueden estar también en los ojos. El hipocondríaco las ve como fideos moviéndose en el fondo oscuro que mira cerrando los ojos. Incluso pueden vivir incrustadas en los músculos, en los huesos… el *anisaki*, la tenia, la triquina. A veces hay que operar cortando quistes o partes del cuerpo; o, aun peor, nada puede contra ello la cirugía. Pueden ocasionar heridas *mutilantes*, como la lepra. Bien es cierto que a menudo son especies exóticas, pero quién dice que no haya otra especie que pueda pudrirte en vida a la puerta de tu casa.

¡Los síntomas son los propios de una otitis! Se dice el sujeto con infinita amargura, blandiendo el mandoble de su razón débil y efímera contra la hipocondría. La batalla es atroz. No, se dice exultante, solo pueden habitar el oído hongos o bacterias. Se administra antibiótico en cuidadosas dosis y ya está… Pero, el hormigueo en el oído le sigue resultando inexplicable. No aparece como síntoma en el manual X, aunque algo señala el Y y no digamos el horror que ilustra y promete el Z. Internet llega a convertirse en su peor trago, una auténtica parada de los monstruos. Apenas echará cuenta de un humilde dato que ha leído, un dato al que no da importancia. Hay causas leves e intrascendentes para el picor interno en los oídos. De hecho son la mayoría. Un simple eczema en la piel del oído interno y eso es todo. Por eso pica. Pero, ya desbordado por el miedo, nuestro hombre sigue manteniendo que es posible albergar una verdadera invasión… dentro del oído. Porque los siente. ¿Y si ha tenido la mala fortuna…? ¿Y si le ha tocado a él?

Una determinada especie de mosca pone sus huevos… en fin. También lo ha leído y consultado en internet. Se suceden los argumentos y contraargumentos en retórica cascada. Mas, ¿y si nuestro hombre ha hecho un viaje reciente al trópico? Se dirá que su viaje fue hace más de una década, pero para leer acto seguido lleno de estupor que algunas especies de parásitos se enquistan y esperan durante décadas.

Sin resuello, con una rara sensación en la boca que prácticamente le impide hablar, hace por fin lo que ya ha decidido que será la última proeza de su vida. Morirá luchando. Toma como si fuera un zombi el teléfono y pide cita con tres otorrinolaringólogos, descartando a duras penas acudir a Urgencias. Espera los largos días creados por Dios para los hipocondríacos, hasta que llega el último día de felicidad en la Tierra, la travesía del desierto, el horror… el diagnóstico.

Lo demás puede imaginarse. El médico examina. La prueba de audición, perfecta. Ahora observa con la lente y se aparta con cansancio. Lo lleva a otra salita, lo sienta, y le informa de que había un pequeño eczema sin importancia en la piel del oído interno, que puede irritarse como cualquier piel.

¡Es un común eczema que se cura pronto! No puede creérselo. Respira aliviado para confesar al doctor que había llegado a pensar que tenía gusanos en el oído, qué idiotez, y se siente resucitar. Lo va a celebrar con una buena cena para acudir mañana a la iglesia a dar gracias al patrón de los imposibles. El doctor intenta disimular su odio y sonríe paternal o maternalmente; insiste en que nunca hay gusanos viviendo en el oído así por las buenas. O solo hay una probabilidad remotísima. Entonces nuestro sujeto se siente afortunado por no pertenecer a quienes toca en suerte la peor posibilidad. Se ha librado.

Detiene en la punta de la lengua la tentación de informar al médico que es un hecho probado que hay unas determinadas moscas que ponen huevos en el oído y las larvas te comen por dentro. Pero, con excelente criterio, cierra la boca... al doctor y a las moscas.

Mas solo es cuestión de tiempo que la desazón lo envuelva de nuevo. Nuestro hombre o mujer descubrirá algo terrible en su cuerpo, algo que se agita como, con infinitas patas, con alas gigantescas... algo vivo.

Como consideración final, es preciso resaltar que la hipocondría jamás atormenta cuando el sujeto tiene una enfermedad *real* grave. Este miedo es un demonio que asedia solo cuando la enfermedad es imaginada. Lo padecen los sanos. Cuando la enfermedad sí llega de verdad, la situación que se había temido durante décadas, nuestro señor o señora soporta lúcida y valientemente la enfermedad, el dolor, la agonía e incluso la muerte. Entonces asume el mal con serenidad y estoicismo ejemplares. No habita su mente el *pathos* de una imaginación nutrida por la necesidad de no parar de pensar horrores. Así, me dijo mi dentista en cierta ocasión que quienes peor lo pasan en la consulta suelen ser policías y militares. Porque el miedo que es derrotado en el frente de guerra, donde el peligro es grande y real, el evidente riesgo que afronta quien pide estar en primera línea de combate, el terror sojuzgado para llevar a cabo la peligrosa misión, irónicamente resulta invencible en los males imaginarios. Una ironía del espíritu humano.

****

Cualquiera diría que soy un noctámbulo. Y es verdad que lo soy. Puede afirmarse sin sombra de duda que gozo de una ajetreada vida social a partir de que se pone el sol. Entonces es cuando vienen y los veo; aunque no salgo de mi casa en toda la noche y paso la mayor parte del tiempo metido en la cama. Ni siquiera me alejo del dormitorio.

No puedo decir que sepa exactamente lo que son. Conozco teorías, pero no me las tomo en serio. Para mí son personas. Más adelante escribiré sobre esas teorías, aunque estarán ya pensando que podrían tomarse por espectros, que a estas alturas casi no me asustan. Me he acostumbrado a ellos hasta el punto de echarlos de menos si no aparecen. Me llenan de alegría, me acompañan, los siento cercanos, inofensivos; no a todos, desde luego.

A la mañana siguiente, trato de recordarlos. Pasan a formar parte de mi mundo interior e incluso de lo que yo mismo soy, de lo que opino o de lo que hago. Se suman a las sensaciones de la vigilia. Son amigos a los que voy apegándome a lo largo del tiempo. A menudo en estos encuentros no suceden más que largas y sinceras conversaciones en las que logro explayarme y expresarme con una libertad impensable en la vida "normal".

Aunque no siempre estas visitas han sido como vienen dándose últimamente. Entre ellas se han colado enemigos con quienes ajustar cuentas, de los que me vengo y a los que expreso mi más profundo desprecio. Son sombras de seres que pasan la vida taciturnos. A estos los odio. Me indignan. No aciertan a comprender nada más allá de su ego narcisista o su soberbia. Una ignorancia orgullosa que tengo que rebatir y vencer cada vez que vienen. Son mala gente o mejor dicho se corresponden con mala gente, de la que son el reflejo nocturno.

O a veces los que me visitan son "malos" menos malos, simples personas con las que he discutido en su forma real durante el día. Me explico; quizás hasta este momento no he sido claro. Pido paciencia, porque lo iré explicando todo. Ahora puedo añadir que con este segundo tipo de visitantes se me brinda la oportunidad de emprender un ajuste de cuentas "virtual" que pone las cosas en claro. Aun en su papel de sombras me ayudan a superar situaciones, a seguir amando y a seguir odiando, a poner las cartas sobre la mesa y tener todas las cuentas claras. No me guardo nada; soy capaz de decirles todo. Ato los cabos que durante la vigilia quedan sueltos. Así que estos encuentros con, digamos, "enemigos" razonables y dispuestos a conversar son reconfortantes.

Las visitas comenzaron hace diez años. En la primera parte de estas memorias ya describí los inicios que se dieron como sensaciones táctiles, sonoras o visuales de duración breve y sin constituir un algo completo, es decir, como mucho eran imágenes mudas y heladas. Permanecían y todavía permanecen a veces a mi vera, con el halo de frío que el esoterismo atribuye a los espíritus. De aquellas visitas la imagen de mayor consistencia que guardo es la de una enorme luna, igual a la de la conocida película de Méliès rodada en los inicios del cine. Flotaba en mi dormitorio redondísima, con el mismo aire travieso de la película. Irradiaba, en su fase llena, una luminiscencia plateada. Me miraba muy sonriente, incluso campechana. Yo cerraba y abría los ojos por si así desaparecía, pero ella estaba siempre ahí.

En cierta ocasión, me coloqué de pie frente a ella y la miré desafiante. No había la menor duda de que allí estaba…pero eso fue todo. Desapareció cuando encendí la luz, todavía muy impresionado porque, a diferencia de los sueños, eso ocupaba un espacio físico muy real, cuando me miraba socarrona. Persistió los segundos que esperé en la oscuridad mirándola y no se fue hasta que encendí la luz.

Otras veces estas *alucinaciones* eran terroríficas y venían asociadas a pesadillas. A la impresión de alguien observando mi somnolencia en la oscuridad, como una figura alta y flotante, con la misma luminiscencia plateada de la grotesca luna, comenzó también a corresponder una *presencia* fantasmal. Es curioso que a casi todas las alucinaciones se asocie un resplandor plateado, blanco o azulado. Estos son los colores que, todavía hoy, predominan en las apariciones.

Si al terror de presentir alguien que acecha mi sueño se añade que abro los ojos y lo veo, se pueden imaginar mis emociones. No vienen estas presencias para departir conmigo; decir que me asusto es decir poco. Veo figuras que se divierten mientras deciden si ahogarme o me guiñan un ojo. No es tanto que sienta la presencia de un mal espíritu o demonio, sino que, literalmente, los veo de verdad.

Estos seres me visitan todas las noches. A los demonios sé que puedo detenerlos con el latinazgo de los exorcistas y persignándome con frenesí, dibujando grandes cruces y por supuesto mostrando mucho valor. Después me pregunto por qué he tenido que recurrir a la señal de la Cruz, como si el escepticismo del que me vanaglorio de día cayera estrepitosamente ante los terrores nocturnos. Es más que vergonzoso. A menudo incluso pronuncio vehementes profesiones de fe, con la cobarde pretensión de reafirmar un credo que de día cuestiono. Y todo por culpa de los *espectros*.

Por fortuna, no siempre las visitas son malignas. Como he dicho, a menudo he departido tranquilamente con ellas. Hay de todo. Están amigos vivos o fallecidos con los que resuelvo cuentas y pido o concedo los debidos perdones, en una afable contemporización. Son los dobles de personas vivas que cuando me las encuentro en la vigilia, no acabo de saber si les he dicho una cosa determinada a su doble nocturno o a ellos. Así que podemos decir que en mi trato con las personas durante la vigilia, sumo una doble vida de interacciones con sus dobles, acaso el espejismo de una conversación entre reflejos, en la penumbra, que guardo en la memoria para comprender mejor a la persona real, al modelo; aunque debo estar alerta para no confundir conversaciones oníricas con las reales. ¡Qué interesante vértigo! A veces me digo a mí mismo que no viajo mucho porque vuelo a distantes e inconcebibles páramos todas las noches, gozando de esta intensa y fantasmal vida social que estoy describiendo.

Por supuesto, según los "visitantes" nocturnos han ido redondeándose como "personajes", es decir, adquiriendo personalidad, asemejándose a personas reales, empecé a preguntarme hasta dónde llegaría este proceso. Durante un tiempo comencé a alarmarme. ¿Estaré enloqueciendo?, me dije. Tal vez, sin ánimo de agotar las posibles interpretaciones a que apunta el siguiente poema, este texto refleje en parte cómo me siento:

BRUMA

Sin despertar
ni tampoco dormir
vi que nevaba.
Nieve sobre la nieve,
bruma sobre la bruma.

Así es este enredo entre el sueño y la vigilia. Muy extraño e inquietante, pero también excitante. ¿Es posible habitar una tierra media entre el mundo real y el mundo soñado? ¿Pueden interactuar? Y, después de todo, ¿cuál es el que tiene auténtica importancia? Durante un tiempo me ha parecido que el mundo onírico era el primero porque cada vez me sentía más feliz y realizado entre las *alucinaciones*.

Quizás, quien no sufra "anomalías" en el sueño, es decir, quien vaya entrando con normalidad en el sueño profundo, hasta la fase REM, no comprenda este curioso tránsito por el que algunos somos capaces de soñar despiertos literalmente, de vagar por una tierra de nadie que no es sueño, pero tampoco vigilia. Yo intuía la explicación por haber visto, hace unos pocos años, un documental que relata experiencias *oníricas* o *alucinantes* aún más potentes que la mía. Personas que tienen trato continuo con seres que habitan ese intermedio.

A veces se ven solo insectos; de hecho yo he observado enormes arañas o peces flotando como si nadaran en el fondo de un océano. Si son monstruos lo que aparece, el afectado puede dominar su miedo y tratar de interactuar pacíficamente con ellos, como si fuera capaz de dominar las pesadillas y darles la vuelta. Es más o menos lo que yo he hecho. En el documental se cuentan experiencias aterradoras y si el sujeto no es capaz de integrarlas en un relato cuyos capítulos van siendo las distintas sesiones diarias, o mejor dicho, nocturnas, llegan a causar grandes espantos. La persona pasa muchísimo miedo porque además el encuentro se suele acompañar de una insufrible parálisis.

Yo no he visto demasiados monstruos, pero puedo relatar lo que se siente al habitar en esta tierra de nadie, en esta bruma. Imagínate en la cama, ya inmerso en el sopor que desemboca en el sueño; hasta que caes finalmente dormido. Pues yo no caigo en el sueño para detenerme e instalarme en él, como sobre un fondo, sino que no dejo de caer, como Alicia en el pozo del País de las Maravillas. Caigo todo el rato. Puedo sentir un leve adormecimiento, pero estoy despierto. No he "caído" del todo en ningún fondo, no he llegado a ninguna parte, y mi cerebro se queda a medio camino. Es decir, pienso conscientemente, puedo hablar con una persona real que en ese momento apareciese, sería capaz de interactuar con ella e incluso, contarle lo que estoy viendo.

La primera visión suele ser una malla de finas hebras negras, aunque nada de esto me oculta la visión del dormitorio. Soy consciente de que van a llegar las alucinaciones, porque una parte de mi cerebro ya está soñando. Estos sueños son captados en una experiencia de vigilia consciente. Digamos que los sueños se adentran en la vigilia y que la persona puede ver en el mundo, despierto, sus íntimas imágenes oníricas. Doy fe de que la experiencia es espectacular.

Uno apaga la luz, con somnolencia, pero aún despierto empieza a soñar y a ver visitas alucinantes. No son delirios ni alucinaciones, sino algo que como el insomnio, se cataloga como trastorno del sueño. Es un estado impresionante en el que parte del cerebro se halla percibiendo el mundo, es decir, en el mundo de verdad, pero otra parte del cerebro está dormida y soñando. Si a alguien se le ocurriera hacer un electroencefalograma al "medio durmiente", se detectaría esto, o sea, el fenómeno es revelado por las ondas cerebrales. En ellas un experto puede apreciar objetivamente este estado en el cerebro.

Claro que es impactante si decides ir hacia el fantasma diciéndole algo así como "sé que no eres real" o "eres una alucinación" y compruebas que entras dentro de su cuerpo y este se disuelve. Es decir, como en las películas de fantasmas, lo puedes atravesar. Recuerdo hace poco una situación en la que era plenamente consciente de estar despierto, de pie, andando y atravesando la imagen alucinatoria. Es fácil imaginar que en otros tiempos esto era visto como algo relacionado con la trascendencia. Puedes continuar la vida diurna en el mundo fantasmal como si nada, para acabar mezclando noche y día en un cóctel asombroso.

Por supuesto cuando te ves de esa manera, dialogando con alucinaciones y atravesándolas mientras das un paseo por tu dormitorio, te da por ir al médico. Este viene a decir que es algo sin importancia (aunque muy impresionante), que no reviste la menor gravedad y que consiste en un simple desajuste neurológico en la sucesión de las distintas fases del sueño. Es entonces cuando se le ve la gracia al asunto y uno comienza a esperar que aparezcan los seres para emprender una intensa vida social *paralela*.

Aunque tan solo sean sueños y "alucinaciones" oníricas, el fenómeno plantea una serie de cuestiones. Las que se engloban en la gran pregunta acerca de qué es la realidad.

El sujeto añade esta irreal realidad a la realidad real. Se puede crear una activa zona alternativa donde existir que, sin confundirse con el mundo de la vigilia, se puede introducir en él, lúdicamente, en la experiencia diurna.

Por ejemplo, ciertas noches te visita el amigo X con el que no te hablas, con el que te habías enfadado. Sabes que el asunto no se va a solucionar fácilmente, pero en esta dimensión onírica sigues tratando con él, ambos os sinceráis y reanudáis la amistad por la que os seguís expresando con libertad reconciliados. Esto pertenece a una dimensión onírica que sin ser la verdad, puede competir con ella. En cierto modo, también se vive en ella, es decir, se vive de verdad en un mundo de mentira. Por eso uno se despierta por la mañana con la sensación de haber hecho un pequeño arreglo en el mundo y hasta cierto punto, de haber mejorado la existencia.

Puede ocurrir que mientras estés departiendo con este viejo amigo, veas u oigas pasar por delante de la habitación a alguien de carne y hueso, alguien *vivo*, al que le dices satisfecho desde tu cama: "no pasa nada, es que ha venido X a visitarme y estamos conversando". Hay, pues, frente a las alucinaciones graves que suplantan lo real, un pleno dominio de la realidad, porque se sabe dónde está lo onírico y dónde lo vivo. Solo que esta vivencia de desdoblamiento del mundo aporta algunos ingredientes espectaculares a la propia existencia. Uno puede iniciar una cierta "pesquisa" de tipo filosófico. Puede pensar y soñar al mismo tiempo. Aprovechar este "defecto" del sueño es lo propio del investigador que, lejos de asustarse, prosigue su búsqueda y experiencia de la realidad.

Ese estado de bruma al que remite el poema *tanka* citado más arriba, es un estado no solo psicológico, sino sobre todo metafísico, en el que se tiene una vivencia compleja de la realidad, a la que se capta en su ambigüedad, y que apunta a una inquietante disolución. No es solo una broma de la psique, sino que el mundo real "peligra" en estas grietas. Esta es su parte más seria. Este abismo en la vigilia adquiere dimensiones amenazadoras. Decía Borges (que tuvo a menudo problemas con el sueño) que las pesadillas existen para que recordemos que nada se agota en su primera apariencia. Con ellas percibimos una fisura en el cosmos y se sugiere un peligro: que los pilares del mundo *puedan venirse abajo y que este apenas logre sustentarse sobre oscuros terrores o sobre la pura nada.*

El genio de Van Gogh

Solo podía saciar mi sed si consumía mi alma, retorciéndola, estrujándola sin piedad, y así lo supe cuando me confesé, ante los manuscritos, a aquel hombre de Dios. Ya me había advertido que mi deseo implicaba un precio diabólico y que aunque podía ayudarme, era mejor que me fuera o más aún, que huyera, que huyera para siempre.

Lo había conocido cuando me hallaba elaborando un terrible, sobrehumano, artículo sobre Van Gogh. Había contactado con aquel reino de los libros porque era donde mejor podía engolfarme en la búsqueda de conocimiento que me justifica. Me estuve preparando a fondo para escribir mi trabajo. Me quise atornillar en el éter como sus óleos sagrados, reveladores de una plenitud que es una nada y de una nada que lo es todo, como una parpadeante estrella en el más solitario abismo.

Nadie lo comprende. Repitámoslo: estoy completamente cuerdo, lúcido; tan inspirado que puedo discernirlo que apenas había intuido días atrás. He ascendido. Soy cualitativamente otro. Me cuidan, me alimentan, me ayudan a realizar mis ejercicios, me instan a gozar del sol liviano de esta tarde de octubre, un sol limpio. Pero yo se lo digo, cuando me ayudan a caminar evitando que vuelva a hundirme en la tierra donde obra una putrefacción que me aturde. Todo hace ruido, todo cruje, se lo digo a los dos que me miran con expresión amable y me tratan con una paciencia infinita. Me obligan a caminar con pasitos cortos, como si ya, a mis cuarenta y cinco años, padeciera demencia senil. Si ellos supieran. Pobres. Creen que es locura, que he perdido la razón, pero si ellos supieran la verdad.

El día de la revelación había bajado por lo menos cinco pisos subterráneos, incrustados en el interior de la tierra. El erudito bajó conmigo para mostrarme los libros. Me había observado durante meses; las horas de estudio, de lectura vertiginosa: libros, revistas, pergaminos. El artículo que estaba componiendo era ambicioso. Todavía tengo que terminar de escribirlo. Para ello he leído lo que se ha escrito sobre el genio de Van Gogh, es decir, sobre el fuego secreto que podían ver sus ojos.

Nos rodeaba, bajo toneladas de tierra y acero, la oscuridad de galerías llenas de anaqueles donde se guardaban miles de libros, decenas de miles, cientos de miles, acaso quinientos mil o incluso más, todos respirando en una atmósfera preparada para ellos, sin rastro de humedad, filtrada, sin polvo ni ácaros; un lugar a prueba de fuego y terremotos, con una temperatura fresca y uniforme, inexpugnable. Esta red de galerías y pasillos subterráneos era iluminada con lámparas que se iban encendiendo una a una, según nos movíamos, hasta perderse más allá de donde pueden mirar los ojos. Una mina con algo mejor que el oro. El infinito. Una inmensa caja acorazada de puertas blindadas que solo abren complejas claves secretas, claves que solo conoce una persona en el mundo: mi guía. Habían sido meses de intensa devoción, en los que discutimos sobre el arte de Van Gogh. En esas conversaciones le manifesté mi decepción porque no me creía capaz de compartir el alma del pintor. Hablando de este asunto, nos habíamos dirigido al centro de aquella trama cavernosa. No era una de las placetas subterráneas desde las que parten las galerías, que se abren radialmente en cada nivel. Era otro *centro* al que me condujo cuando ya no lo esperaba y que pude contemplar en un éxtasis. Hubo una explosión de luz en el momento en que pulsó el interruptor que ordenaba a las lámparas que iluminaran ese vientre divino, ese portentoso útero. En ese centro había una jaula, una especie de gran calabozo, un secreto dentro del secreto, donde aguardaban aun más raros y valiosos legajos, manuscritos e incunables. Incluso fragmentos de papiros con más de tres mil años.

Allí solo se accedía casi como un elegido. Era un honor. Yo me había ganado el favor de este bibliotecario, decía, después de meses de elevadas confidencias, de graves divagaciones mutuas, de postración ante la letra sagrada, de rumia, de poesía. Puedo afirmar que buscaba sin saber lo que buscaba y que saberlo ahora me quema como un hierro candente.

El sacerdote, pues eso era mi interlocutor, un devoto de la verdad perdido entre las verdades, un hombre de Dios tallado como un diamante, me había prometido una audacia mayor. Todavía no has visto todo, me dijo. Sígueme. Y yo fui tras él, como un apóstol, para descender en un moderno ascensor un número de pisos que nunca he acabado de determinar. Y allí, en lo más interno, tras esa reja con una puerta que abría otra clave secretísima, accedí a una plenitud que no puedo describir.

En la confusión de los manuscritos temblé, en aquella isla donde la luz y los tesoros bibliográficos se expandían y me saludaban con un abrazo espiritual. Pasamos horas revisando el material, muchas horas, ambos incansables, hasta que me topé con el papiro que, según él, yo nunca debía haber visto. El papiro. Protegido dentro de una caja de cristal blindado, con su breve texto en caracteres griegos. Advertía, me tradujo mi erudito amigo, de un peligro, de una muerte que, sin embargo, era capaz de otorgar una nueva dimensión de vida. Tomándome en serio aquel texto, atiné a sacar un cuadernito que siempre llevo encima y un bolígrafo tan funcional como prosaico. Dije, ¿Es una fórmula, verdad? Sí. El valor que tiene este ejemplar es su antigüedad, me precisó. Yo me puse a copiar el texto. Pero tras varios intentos de entender lo que el tiempo había casi borrado, mi cancerbero me aconsejó que dejara de tomar notas, me informó de que el papiro podía ser estudiado en una fotografía accesible por internet. Que no me obsesionara.

Llevaban más de una década intentando informatizar la biblioteca. Su secreto, su silencio, su tiniebla, el papiro, me acabaron afectando. Pero guardé mi cuaderno en el bolsillo, sin poder escribir. Como él me dijo.

Es, añadió, la fórmula de un veneno que sin embargo iluminará a quien lo ingiera. Yo hace tiempo lo interpreté como un texto sobre la antiquísima relación entre genio y locura, entre lucidez e ignorancia o más ampliamente, entre muerte y vida. Tal vez sea un medio para convertirse en Van Gogh, comentó riendo, pero al percatarse de mi palidez, del gesto crispado, trató de ponerse serio y de advertirme que no me obsesionara. Vio que el lugar me afectaba mucho y me conminaba a que diéramos por finalizada la visita. No vuelvas, me aconsejó. No te sienta bien.

El ciprés y la noche sacudieron mi mente. Dolor, mas al mismo tiempo un imperioso deseo: ver, soñar, pintar, estremecerme como Van Gogh, compartir su genio. La infinita y poderosa belleza que late tras las cosas. Curiosa combinación, indiqué a mi colega, de muerte y vida también en la vida del pintor. Ah, dijo trémulo, no hay transformación sin muerte. La plenitud tiene un precio. Yo lo pagaría, exclamé, quiero la plenitud, a cualquier precio, quiero saber todo, aunque sea en la visión de un instante, en un breve rapto. Tienes una sed insaciable y peligrosa, me advirtió. Lo que pretendes, añadió, exige celo, paciencia, más horas de estudio, pero no exaltación. Tienes que labrarte por dentro, que te cale el conocimiento como si fuera aceite penetrando en tu cuerpo. Estos legajos y pergaminos me llaman, padre, me llaman salvajemente. Te ruego, insistió, que no pienses más en esto. ¡Vámonos!

Pasaron semanas. Consulté la fotografía del papiro con el inquietante texto escrito en caracteres arcaicos griegos. La localicé en una base de datos informática especializada, para historiadores y arqueólogos. Hallé también obras sobre el mismo, un catálogo de trabajos y estudios críticos que me confirmaron que aquel breve mensaje era una fórmula para adquirir *la visión suprema*. Una suerte de receta. Aún no sabría definir con certeza si se trataba de magia o medicina primitiva. Pero el lector me perdonará si callo una receta tan terrible. Baste precisar que en la composición se hallaba el estramonio, un poderoso veneno que en minúsculas dosis puede alterar la percepción. Me informé de que es una sustancia de extrema peligrosidad que hay que manipular con el máximo cuidado. En todo caso, ha resultado. Me ha otorgado ver cumplido mi mayor deseo, ver lo que él era capaz de ver y enroscarme en el éter sublime como él lo hizo.

Tras remover la pócima de plantas capaces de donar el estupor, me procuré soledad para experimentar lo más elevado que es concedido a un hombre. Me atravesaron vértigos, vomité, sentí un resquemor, una inflamación, una expansión tortuosa. Tras el calor que me obligó a desnudarme me invadió una laxitud y el frío hizo que me ovillara, desnudo y lloroso, sobre el suelo de mi pobre apartamento. No puedo describir con precisión las visiones que padecí. Estaban más allá de toda lógica. No soy capaz tampoco de referir pormenorizadamente cuánto sufrí, cuánto bailé, cuánto me atormentaron ángeles infernales, los torbellinos, el miedo, los más agostados desiertos. Estuve en todas las partes sin moverme de allí.

Después de dos días rodando por el suelo alcancé la suprema lucidez, la visión. Porque no estoy loco, nunca he estado loco. Fui capaz de distinguir y apreciar lo que veía Van Gogh. Ahora miro los seres con su misma intensidad, superando lo concebible; y el color amarillo, por ejemplo, se ha tornado más amarillo que nunca. Veo pinceladas que lamen el ser, sé del frenesí en torno a cada cosa, me hundo y me elevo con las botas que son un templo, comprendo la matemática imposible de los girasoles, se han abierto precipicios en los relojes, me han picoteado voraces cuervos, me he derretido en un campo de trigo fundiéndome con las montañas exhaustas, he comido abismos, he muerto, he aullado, me he cercenado de un tajo la oreja derecha.

No pude imaginar previamente lo que me estaba destinado. He ido más allá de mis deseos. El ser se ha destilado para mí como en un precioso alambique. Esta perturbación de naturaleza cósmica es, por fin, la lucidez. Por fin he visto lo que miraba el pintor amado. Me he extasiado ante un ciprés, sin comer ni beber durante días, hasta que manos piadosas me arrancaron de la muda contemplación. No lo entendían. Nadie lo entiende. No me creen, por más que les repito que no estoy loco, que nunca he estado loco, que soy como él, un genio que ha descubierto la clave del universo. Me embeleso con la música de las lentas esferas que siento gravitar y besarse. Me hallo en el mismo éxtasis que arrebató a Van Gogh, con su idéntica mirada sublime. No. ¡No! No estoy loco.

La cofradía

El joven apenas acertó a balbucear unas palabras de admiración cuando el maestro le mostró el resultado de las mezclas humeantes; una mixtura de brebajes vertidos al caldero y removidos al compás de lentas recitaciones en las ásperas lenguas herméticas. Ahora conoces el secreto, le dijo a su discípulo; ahora sabes que con estas inocentes yerbas se abre paso el bien. Lo bueno permanece en medio de todas las mutaciones. Mientras lo decía sostenía la copa, para continuar dando instrucciones a su discípulo: No debe verterse más que en el agua que mitiga la sed durante la noche en vela. Esta agua deliciosa se la sirven en cada una de las horas aciagas para aliviar su insomnio. Él no debe saberlo. Porque el bien es discreto y es preciso que el sanador no infle su orgullo. Solo esta condición has de guardar, para tu ingreso en la cofradía.

Días antes, el sabio había aparecido escoltado por los niños que lo habían visto venir de lejos. Con él, unas alforjas, en las que se guardaban los elementos de su arte, sobre los lomos de un asno gris. Nadie más que él sabía qué era cada cosa y cómo emplear cada una de las medicinas en forma de ungüentos, polvos y menjunjes que portaba la bestia. Caminaba encorvado y cojitranco detrás de ella, porque cargaba con el peso de terribles pecados, como diría a su nuevo discípulo, el joven más puro de la aldea. Yo también hube de curarme, le confesaría, pero mi mal era una enfermedad del espíritu. Tuve que emprender vastas purificaciones para sanar. De todos modos, da igual mi dolor, pues la salud no ha de ser para el médico, sino para los pacientes.

El joven asistió a los milagros y curaciones. Una multitud en torno a él le escuchaba pregonar sus medicinas. Aplicaba una poderosa receta que curaba mediante la risa, porque hacía que el cuerpo se llenara de cosquillas que hacían brotar carcajadas capaces de superar agravios y reconciliar a viejos enemigos. Una explosión de risa y buen humor que expulsaba del cuerpo todos los males.

Esperó hasta el anochecer, cuando todos ya se habían marchado, quedando solo él. El extranjero sabía, antes de que el joven se expresara, lo que este deseaba. He venido para hallar a alguien como tú, dijo al muchacho. Alguien henchido de bondad y de curiosidad. Quieres conocer el secreto de mi oficio, los dones de mi antigua cofradía. Has oído a muchos hablar de ella. Pues bien, yo te lo voy a revelar, pero para ello, ve a buscarme dentro de dos días, junto a la tumba que yace en el lado oeste del cementerio como un precipitado de soledades, cuando el antisol que alucina la noche lama el páramo con su lengua de plata. Habrás de orientarte bajo su luz y no comunicar a nadie tu propósito. Espera a que tus padres duerman. El joven contestó susurrante "allí estaré".

El visitante de la aldea fue a internarse en el negro bosque con su animal. La incertidumbre del reino se extendía a su paso por toda la comarca. Husmeó como un perro el miedo de todos. Conocía el pánico existente respecto a la salud del soberano; porque el atormentado rey velaba contra su voluntad, enfermo sin poder dormir, con los ojos ya extraviados por la locura. Su mal le había invadido después de recibir los oráculos que empañaron su alegría.

Las horas terribles de la madrugada en una era arcaica plagada de supersticiones y asediada por la presencia de los muertos hacía que todos se replegaran despavoridos junto a los hogares cuando caía la noche. Vencían el miedo y el frío con el duende chisporroteante del fuego que habitaba cada cabaña; mientras el rey velaba víctima de su insólito mal. Todos afirmaban que llevaba varias lunas enajenado, que no conseguía que sus ojos se cerraran. Parecía verse amenazada, junto con la salud del rey, la salud del reino. La paz se había asegurado sometiendo a los señores locales. Pero ahora que estaba enfermo el rey, las torvas manos de los nobles sometidos podían alcanzarle a él y al reino. Se contaba que habían pagado los servicios de un poderoso asesino.

En la noche acordada del plenilunio, el sabio apareció después de que hubiera llegado el joven discípulo para comenzar su iniciación, junto a la piedra sin inscripciones que marcaba el lugar donde habitaban los restos de un vagabundo que había muerto lustros atrás sin que nadie lo pudiera encajar en las genealogías conocidas de los hombres, un ser sin linaje. Todos temían acudir a la sepultura y menos aun en plena medianoche.

Cuando en los días previos se había acercado a la aldea, precedido por niños que brincaban alegres a su llegada, todavía no había puesto cara a su elegido. Pero ya sabía que el túmulo sin nombre sería el lugar adecuado para la cita cuando lo reconociera. Después, lo conduciría al bosque.

En la placeta del pueblo, junto al pozo, supo que era él con solo mirarlo. Aquél tímido joven que parecía estar solo en medio de la multitud.

Así pues, se reunieron la noche acordada junto a la tumba, para recorrer juntos el páramo nocturno. La noche de plenilunio contenía una falsa luz que en aquel tiempo aterrorizaba a los campesinos, que por eso se guardaban bien de salir a la intemperie y pronto se echaban a dormir, mientras su rey desdichado velaba insomne.

Atravesaron entre los árboles una vegetación hostil. El bosque lo ocultaría todo. Fueron al corazón de aquel mundo umbrío. El discípulo se arrastraba venciendo el miedo que durante siglos había alejado a los campesinos de aquella acechante naturaleza. Era el primer paso de la doctrina que habría de aprender: caminar sin temor, avanzar hacia delante y proceder como estaba prescrito. En algunos momentos, la voz del médico que dominaba la salud dominando la risa, que curaba a base de alegría con su pócima, le iba indicando las primeras claves. Tú vas a aprender mi arte, decía al joven, vas a llegar adonde yo no puedo, venciendo los obstáculos con tu preciosa ingenuidad. Se abatirán las lanzas a tu paso, se bajarán los puentes levadizos y se abrirán todas las puertas, hasta llegar al corazón del reino porque eres simple como un gorrión. A mí todo me abruma y mi espalda ha de encorvarse aun más, como ves, porque el precio de la sanación es que el propio sanador no pueda sanarse a sí mismo. Como yo, nunca serás rico, vivirás sin el calor de un hogar, dormirás sobre piedra y te humillarán los cielos.

Al poco, llegaron a una covacha. Yo ya he estado aquí, dijo, conozco este centro donde se abre la grieta que hunde su lástima en las profundidades. Hemos de descender a la tierra donde crecen los hongos, donde ciegos topos excavan enloquecidos en la angustiosa oscuridad, pues es aquí donde debe ser pronunciada la lección que nadie, salvo tú, debe oír. Tú podrás soportarlo. Ocultos, alimentándonos de aquello que nos conducirá por éxtasis de plenitud, lo que crece en las entrañas del mundo. Allí aprenderás cómo extraer la risa que sana a todos menos al propio sanador. Comprenderás esto y tu espalda también empezará a encorvarse bajo el peso de tan arcanos secretos.

El joven sentía una opresión cada vez mayor en el alma, un ansia como olas de una tempestad marina y una avidez que iba venciendo a todas las tinieblas que los asaltaba, según se iban internando en las entrañas del miedo. El viejo portaba un candil con el que, una vez llegaron a una pequeña explanada a muchos pies bajo la superficie, encendió el fuego donde lo había hecho antes, muchas otras veces.

Extenuados, se sentaron sobre la piedra que había en el centro del espacio semiabierto, pobremente iluminados por el candil y, al poco, por la hoguera. Algunas estalactitas derramaban sobre ellos sus lágrimas, que al caer en el suelo resonaban con languidez. Era una vibración persistente. Tras escuchar un rato en silencio aquellos sones telúricos, el maestro reveló a su iniciado que él podía curar la vigilia que horadaba la vida del querido monarca. Que había venido para curarlo. Esta ha de ser tu primera jornada como sanador, le dijo: la salvación del reino.

El viejo preparó el caldero con el agua que manaba de las paredes, colocándolo en el fuego y musitando los preceptivos rezos. Mezclas de raras plantas cayeron en el agua hirviente de sus manos. Después de unos pases del maestro, el joven se quedó mirando fijamente la copa, cuando el maestro la situó ante sus ojos. Éste cerró una tapadera que encajó bien para que en el camino no se desperdiciara el agua secreta. El rey, le dijo, necesita una medicina poderosa. Pero nadie sabe, exclamó, la causa exacta de ese insomnio sin final ni reposo. ¿Qué le ha asustado tanto de los oráculos y sortilegios que dicen que ha recibido? Ha soñado que un poder se cernirá sobre él para aplastarlo. Mas sanará con este preparado que tú has de portar hasta su dormitorio. Preocúpate solamente de ensayar los pasos y el sigilo con que debes llevar a cabo tu tarea, la firmeza en la mirada, la presteza en aprovechar el descuido de su camarero; ensaya cómo has de verter esta insípida mezcla de yerbas en el agua que le sirven sus criados para paliar, a cada toque del reloj, su sufrimiento. Recuerda que solo el secreto garantiza la curación definitiva y que nuestro don no debe conocerse cuando opera. Tal es nuestro juramento y oficio. La cofradía en la que vas a ingresar profesa su magia desde el inicio de los tiempos, pero nadie ha de saberlo. Es el precio. No debe importarnos el dinero ni la fama. Y el joven, que había asistido días atrás a la curación de los diversos males que sufrían los aldeanos, que no cabían en sí de su asombro, y a la alegría reinstaurada en la villa, ardió en deseos de emular tan sorprendente arte que curaba con el buen humor.

El joven aprendiz ejecutó fielmente todos los pasos en su entrenamiento, rozando el suelo con las plantas de los pies con suavidad. Así debes caminar al final de tu recorrido, cuando tras llegar al salón azul, veas preparar la bandeja donde el camarero colocará su jarra con el agua recogida en el pozo que se halla en el centro exacto del castillo, que es el centro del reino. Debes aproximarte con sigilo y aprovechar cuando el camarero llame a la puerta del dormitorio regio. Son brevísimos instantes, como la acelerada respiración de los murciélagos, en los que nadie te verá. Llegarás a este punto porque todos te conocen como el joven humilde que nadie puede odiar ni temer. Tu bondad abrirá sus corazones. Tu rostro de grandes ojos y la amplia frente honesta, el candor de tus facciones, tu palabra sincera, han de ser tu llave, hasta que sólo te separen de tu obra esos breves pasos hasta la bandeja, a la que llegarás veloz pero callado, sin que te vean introducir el poderoso filtro que devolverá fuerza, risa y paz al rey. El rey solo entonces podrá dormir serenamente. Después despertará tan astuto y valiente como lo ha sido durante años. Obrará nuestra magia y retornará al reino su esplendor, su fiesta y la paz que obtendrá el rey de nuevo azotando con rudos latigazos a los señores que babean y conspiran como hienas. Recuperará sus dones, retornarán sus fuerzas, regresará la astucia para vencer a quienes lo amenazan. Porque el rey ha creído los embusteros oráculos que lo abaten, temiendo la victoria de quienes intentan matarlo por los más tortuosos y mezquinos medios. Eso le han jurado los adivinos, aseverando que su destino está sellado, haga lo que haga. Es ese espanto el que lo priva del descanso. Yo he conocido estos detalles con mis artes, lo he visto todo, lo veo sufrir por el miedo atroz. Pero nuestra santa cofradía puede enmendar los más lúgubres destinos.

El joven aprendió a caminar ligero y veloz, aleccionado por el maestro que ya no podía practicar su propia enseñanza. El muchacho era tenaz y deseaba ser admitido en la más secreta de las cofradías. ¡Cuidado!, le insistía su maestro, ¡que nadie te vea administrar la poción! Nuestra secta debe proseguir oculta durante siglos, determinando el futuro de los reinos con el más absoluto desconocimiento de todos. La medicina, aseveraba el maestro en aquel corazón subterráneo, obra su milagro desde la abnegación de la cofradía, desde su misterio. Yo, como tú, aprendí de otro que a su vez había recibido el conocimiento de alguien anterior. Nosotros morimos, pero el conocimiento que nos había precedido nos sucede inmortal para la salud y la paz de los hombres.

El muchacho aprendió la doctrina. Seguir hacia delante siempre, perseguir con obstinación el bien anhelado. Ser cauto y paciente, discreto, eficiente. Así, debes caminar por las doce habitaciones que se abren una tras otra desde el sur hasta el norte. Todos los que esperan te contemplarán con amor. Ahora, ve hacia el castillo y cumple tu misión. Recuerda que debes ser tú mismo cuando te dirijas a los guardianes y mirarles como miras a tus padres. Ahora debes caminar, de día y de noche, explicando a todos que vas a pedir al rey una vaca, pues el animal de tus padres ha reventado de indigestión; tus padres que son tan queridos, fieles servidores del monarca, labradores de intachable prudencia. Yo seré su orgullo, dijo con firmeza el aprendiz, sobreponiéndose a la emoción.

Caminó veloz por el páramo, dejando atrás el bosque maldito, diciendo a todos que iba a visitar de parte de sus padres al rey. Los campesinos, deferentes y llenos de lástima por su pobreza, lo dejaban pasar, aún con la resaca de la risa con que se recibieron las milagrosas curaciones.

Así que cuando se plantó frente al puente levadizo, este bajó mientras los guardias pronunciaban conmovidos su nombre. Cayeron todas las lanzas, se sometieron todos los cortesanos. El rey, se decían, les regalará la bestia que piden. De este modo, cruzó las doce habitaciones, una tras otra, asombrado por sus riquezas. Todo lo que lo rodea proclama su grandeza, pensó. No cabía en sí de gozo al acercarse a su meta, feliz de curar al rey y al reino, devolviendo a todos la vieja seguridad frente a los señores, que serían mantenidos a raya. El bien es el fin y el medio, pensaba, como me ha enseñado mi maestro.

La última lanza, la que guardaba la antecámara, cayó ante él. Al guardia se le iluminó la cara al ver al joven virtuoso, que pedía para sus padres. Le guiñó un ojo y le permitió entrar en la antecámara donde el camarero aguardaba la hora de franquear la última de las puertas, la del dormitorio, con la jarra llena del agua más saludable del reino. Entonces se detuvo firme, a unos pasos del camarero de la bandeja, mientras le hablaba de la vaca muerta. Sabía que tras la milagrosa curación del rey la pequeña mentirijilla de la vaca habría de perdonarse, cuando él desapareciera corriendo, para no ser visto nunca más e iniciar la peregrinación iniciática con el poderoso sabio. Quizás lo adivinarían, pero él correría para salvaguardar el secreto, para transmitir lleno de gozo la buena nueva al maestro, que abriría sus brazos en un paternal abrazo.

Sonó la hora en el reloj de la torre y el camarero, durante brevísimos instantes, alzó cabeza y ojos para mirar a la puerta y disponerse a entrar. Fue en ese lapso, que para el aprendiz se dilató una eternidad, certero como un halcón, cuando vertió la poción en el agua que el rey habría de beber. En el momento en que el camarero, tras abrir la puerta, miró de nuevo la bandeja, como para asegurarse inconscientemente de que iba todo bien, ya había sido vertida la medicina. El joven, ahora impaciente, decidió quedar a la espera de alguna señal de la curación. Aguzó los oídos mientras sonreía sin poder evitar que el corazón le quisiera salir del pecho. Con entusiasmo oyó toser al rey. Ahora, pensó, sobrevendría la carcajada y la felicidad que se deslizaría por todos los rincones, hasta impregnar los más recónditos parajes del reino. Al poco, oyó una honda y sonora inspiración, como si el monarca tomara aliento para reír, pero aquello se transformaba en el más espeluznante gemido. Y tras callar el rey para siempre, sonóla voz del camarero llamando a gritos a la guardia.

Entró el último vigilante en la antecámara, cuando el sirviente exclamaba que el rey había sido envenenado y que el mal lo había hecho el adorable niño, que nadie más había allí cerca. El joven quedó desconcertado, víctima de su propia inocencia, pagadero de su candidez, mientras el guardián lo agarraba de un hombro, sin saber todavía a ciencia cierta qué había sucedido. Campesinos resentidos, malditos, clamó el ayuda de cámara cuando al abrir la puerta del dormitorio, vio en la antecámara al muchacho atrapado por un soldado. ¿Quién te ha pagado? ¿Quién te envía? ¿Son ellos? Y el destino desolador cayó sobre él, como minutos antes había alcanzado al rey.

El maestro sonrió cuando, oculto en la espesura, vio correr pálidos campesinos que huían de la masacre en la aldea. Se aseguró de abandonar el bosque solo tras caer la noche, en la que no se le podría ya detener como quien había encarnado la larga mano de los conspiradores. Se fue satisfecho. Nadie podría conocer jamás que aquel lento anciano era el matador de pasos sigilosos, el veloz asesino de mano certera e implacable, el de turbia fama, el que nunca fallaba, el que, como insistían los oráculos, nadie vería jamás, para proseguir con su oficio hasta el fin de la eternidad.

Y el horror y el fuego asolaron el reino golpeado por la guerra fratricida, mientras los señores, repartiéndose sus despojos, reían llenos de felicidad.

La entrevista

Suma y destruye, Suma y destruye, repetía el día que me atreví a hacerle la entrevista, cuando acerté a intercambiar algunas palabras con él. Me escuchaba como me escucharía un pez. Al principio lo había hallado en la calle Real de La Línea de la Concepción, sentado en el suelo en medio de la calzada peatonal, golpeando el suelo con una piedra que escondía en un bolsillo del pantalón cuando terminaba. Lo martilleaba como si estuviera abriendo un coco, pero lo que trataba de abrir imposiblemente era, me di cuenta, la tapa de una alcantarilla. Se encontraba frente al antiguo cine Cómico, que lleva cerrado muchos años. El hierro de la tapa de la alcantarilla resistía, pero él insistía en sus golpes secos, decididos y constantes. Así lo estuve observando, a veces yo de pie a unos metros, sin que él se diera cuenta, y otras veces sentado a una mesita de la terraza del bar de la esquina, donde se abre la plaza de la Iglesia. Hacía un toc toc obstinado que resonaba en ese rincón, un ruido a veces molesto, pero también tenue a ratos, algo así como el persistente golpeteo de un pájaro carpintero en el tronco de un árbol.

Decidí abordarlo cuando había consumido tres días de paciente observación y me dije, sin saber todavía demasiado por qué, que aquél había de ser mi hombre, mi paisano ejemplar, el tema de mi redacción para la clase de historia. Durante días, lo miré con honda tristeza, que me embargaba con repentinas oleadas, y otras veces con cansancio. También lo miré con perplejidad y a veces con pasmo e incluso sintiendo una vasta sensación de paz, cuando estudiaba la expresión concentradísima de su rostro dirigida al punto que trataba, inútilmente, de quebrar. Sabía que todos mis compañeros iban a entrevistar a médicos, pintores, cofrades, músicos, porque todos me lo dijeron, en los corrillos del recreo, cuando les hacía la pregunta, Y tú, ¿de quién lo vas a hacer? La actividad pretendía ser una exploración e investigación en el medio social y en la historia a través de la aportación de personajes localmente célebres y que quisieran transmitir una visión personal y a la vez global de nuestra ciudad. Yo siempre contestaba que no sabía, que quedaba todavía más de un mes por delante, que tenía que ir haciendo otras cosas, que debía meditar a fondo, a lo que Gena, Genaro, respondió, como siempre, que yo era un loco que a saber la clase de entrevista que iba a hacer. Desde luego tampoco el profesor de historia esperaba demasiado de mí, que podía permanecer cabizbajo horas enteras sin hablar con nadie. Cuando todos estaban absortos en internet, trasteando en los chats, en el whatsapp, y en todo eso, multiplicando su nada, yo cultivaba en las macetas que me dejaba mi madre todas las hortalizas del mundo, para observar su crecimiento, su lenta explosión culminando en flores y frutos, como un rito persistente y atroz. O pasaba horas mirando volar a las gaviotas en su mundo indescifrable y violento, obedientes a la ley de algún infierno.

Comprendí que él era otro gran observador que rastreaba las calles, cuando lo comencé a seguir, pensando que acaso mi entrevista debería interrogar su razón en una trabajosa interpretación de su mente. Así que un día aguardé a que apareciera. Cuando había pasado una hora y media de su paciente golpeteo en la tapa de la alcantarilla, echó a caminar. Lo seguí y me percaté rápidamente de su extraño interés por las reparaciones que se estaban llevando a cabo en el centro de la ciudad. Se detenía siempre a unos pasos de la obra y se ponía a mirar con una expresión de tenue angustia. Pero nunca estuvo en ese estado tanto tiempo como ante el derrumbe de la última casa de estilo colonial que resistía en la calle Real, con una fachada de azulejos y un cierto parecido con algunas viviendas de Gibraltar. Me pareció que rezaba y adiviné la sombra de inquietud en el rostro, la angustia que iba incrementándose, que se tornaba evidente en el rápido abrir y cerrar de las manos. Al cabo de un rato, fue a la plaza de la Iglesia y ahí aumentó su caos. Abrió la boca y dio vueltas alrededor de toda la placita, que forma un cuadrado de un modo que recordaba el típico paso vacilante de los enfermos de Alzheimer que como él son un vivo desconcierto. Se detuvo, en un momento dado, para observar la estatua de las tres Gracias, en el centro del perfecto cuadrado conformado por la plaza. Me pareció que buscaba el viejo farol ausente que tiempo atrás allí había estado, ocupando el lugar de las Gracias. Comenzó a dar vueltas en torno a la escultura de bronce de las tres mujeres que a su vez remite a otras tres Gracias pintadas por el pintor local Cruz Herrera, investigado por algunos de mis compañeros en el instituto, que ejecutaban un modo legítimo de pensar la historia, es decir, de mostrar la cadena de acontecimientos como algo positivo que integra y justifica el presente. Me percaté de que el trabajo que nos habían mandado consistía, básicamente, en eso, en una ilustración triunfal y afirmativa de hechos, pero sin apercibirse, me dije a mí mismo, de algo que al principio no pude articular bien, algo frío en todo ese acontecer. Me pregunté, como un moralista, por la conclusión que cabría extraer de esa cadena de hechos llamada historia, una historia para estar orgullosos, un pasado complaciente para un presente no menos autocomplaciente. Pero lo que él miraba era otra cosa, como si en sus ojos hubiera una pregunta, como si a ratos, muriera.

Otro día lo vi detenerse para mirar húmedamente la plaza de toros, bajo la amenaza de ser derruida y que se eleva con una pícara gracia en medio de un vacío, un vacío de edificios sin ton ni son, como torceduras arquitectónicas, totalmente asimétricos. Después fue a otro lugar que yace con un eco perdido de viejas verbenas y orquestinas. Aquello había sido un lugar vivo y alegre que ha perdido hoy su luz. Era como si al mirarlo se presintiera que lleva dentro lo que fue no en forma positiva, sino al modo de una ausencia, de una sombra o una imposible versión distinta de lo que podría ser ese presente, de su contraste con la actualidad de vacío y desmemoria.

Con sumo interés le espié golpeando con su piedra otras alcantarillas, tan cansina como inútilmente. Pensé en cómo hacer mi imposible entrevista, me pregunté quién sería la voz que habría de hablar en ella. Iba de uno a otro lugar, quedando siempre absorto en su golpeteo durante minutos e incluso horas que tuve la paciencia de aguardar, sentado en un banco discreto del Paseo de la Velada. Con el tiempo me mostré con mayor descaro y simplemente comencé a sentarme a unos metros de él, a veces en el suelo, a mirarlo de cerca, o en cuclillas, como haciéndole compañía, y junto a él me arrastraba la fascinación por lo que hacía. Su empeño era más complejo de lo que me había parecido al principio, como si hablara en una lengua gestual, y a veces parecía querer dirigirse a mí. Empezó a decirme algo, es decir, comencé a ver, porque aunque él no pronunciaba palabra, había algo que iba proclamando a los cuatro vientos con su desconcertante labor. Un día me atreví a preguntarle de viva voz qué estaba haciendo *realmente*. Tembló y detuvo su faena con sobresalto. Después levantó la cara, sentado como estaba en el suelo junto a una alcantarilla, en el lugar donde hubo una vez una lonja de pescado y un montón de viejas anclas gigantescas oxidadas, altas como un hombre, sobre la arena de la playa, el lugar donde ya no hay nada de eso. Allí, en ese punto del paseo marítimo de levante, en la barriada de pescadores de la Atunara, me acertó a explicar lo que hacía. Dijo, con una voz semejante a un viento abrasador: Suma y destruye. Desde entonces, cada vez que me acerco, me lo repite con exactitud, como un traqueteo de viejo reloj de cuerda, incesante. Eso era lo esencial, la definitiva glosa del texto que eran sus actos. Y un último día de aciaga repetición, en el que su voz ardiente parecía introducirse en mi cerebro como nunca lo había hecho, le formulé todas las preguntas que tenía preparadas. Todas. Él respondió puntualmente a cada una murmurando su lúgubre letanía, como un profeta ignorado que clamara en todos los desiertos y en ninguno.

La entrevista, una vez redactada en limpio y revisada, acabó teniendo esta forma:

¿Qué significa La Línea para Ud.? Respuesta: Suma y destruye.

¿Qué barriada señalaría como más representativa? Respuesta: Suma y destruye.

¿Qué le parece su feria? Respuesta: Suma y destruye.

¿Qué hecho histórico destacaría? Respuesta: Suma y destruye.

¿Qué diría de su cementerio? Respuesta, con un amago de espanto en la cara: Suma y destruye.

¿Le gusta el domingo rociero? Respuesta: Suma y destruye.

¿Qué destacaría desde un punto de vista artístico y estético? Respuesta: Suma y destruye.

¿Qué significa para Ud. el viento de levante? Respuesta: Suma y destruye.

¿En qué medida se siente Ud. linense? Respuesta: Suma y destruye.

Con angustia, continué formulando mis preguntas para seguir escuchando la misma respuesta terrible, que transcribí al texto de mi trabajo para el instituto.

¿Qué recuerdos guarda de la escuela? Respuesta: Suma y destruye.

¿Estudió en la universidad? Respuesta: Suma y destruye.

¿Le quisieron sus padres? Respuesta: Suma y destruye.

¿Qué recuerda de su adolescencia? Respuesta: Suma y destruye.

¿Se disfrazaba en los carnavales? Respuesta: Suma y destruye.

¿Cuándo tuvo su primera novia? Respuesta: Suma y destruye.

¿Tuvo buenos amigos? Respuesta: Suma y destruye.

¿Está enfermo? Respuesta: Suma y destruye.

¿Está loco? Respuesta: Suma y destruye.

¿Sabe tocar algún instrumento musical, ha pintado algún cuadro, escribió algún poema? Respuesta: Suma y destruye, suma y destruye, suma y destruye.

Finalmente, le inquirí desolado: ¿Reza Ud. alguna vez? Respuesta: Suma y destruye.

Abatido, he terminado de redactar la entrevista. Fue ayer. La releí varias veces, revisé la ortografía, la corrección de su gramática, la precisión de las palabras, y todo ello me produjo el hormigueo de un torbellino. Quería transmitir su mensaje con eficacia y rigor. Para asegurarme de ello, de que había comprendido de veras su mensaje, de que podía transmitirlo fielmente, a la clase y a mi profesor, la volví a leer, muchas veces, cientos. Sus respuestas, es decir, su respuesta, su única respuesta, se precipitaba dentro de mí, en el espacio que ocupan mis vísceras y mis nervios, y todo mi cuerpo era esa respuesta, que a su vez era una pregunta; la fatalidad de un mandato ineludible, que oí una y otra vez, cientos de veces, proclamada por la voz ardiente, muy dentro de mí. Y sufrí, poseído por el vértigo, por la inclemente vorágine, por el tumulto, por la tierra, por las nubes, por el cielo intangible, por mi lento desamparo, inmóvil, cabizbajo, mudo en medio del aula, en medio de mis compañeros a los que sentía inabarcables. Me vi siempre triste, siempre mudo, siempre ausente.

Falta un día para que la lea mi profesor, que ha prometido que habrá un premio a la redacción o entrevista que, tras una revisión imparcial por parte de jueces secretos, resulte ganadora. Veo ya, ante mí, realizarse todo esto, todo el ritual de la exposición y la calificación, del castigo y la limosna, el ruego encarecido que habré de hacer al profesor para que sea comprensivo, para que razone y sepa temblar como yo, para que llegue a desencajarse, también, y a dislocarse la muñeca golpeando la pared, con un toc, toc, furioso, como el golpeteo de un pájaro carpintero en la dura madera de un roble. Porque he aullado hasta quedar ronco, hasta que mis padres han echado abajo la puerta de mi dormitorio, hasta jurar que se me iba el último aliento. Ahora, tras haber tomado la pastilla que mi madre me ha ofrecido en una bandeja, mi pastilla, que parece una pequeña perla junto al limpio vaso de agua, como un mineral, como una caricia, un reposo y un viejo calor, que he ingerido con placer aunque a años luz de todos, lejísimos, en alguna galaxia desconocida, en el vacío.

He logrado serenarme e incluso he podido leer para todos la entrevista, como si no fuera conmigo. El profesor se ha quedado mudo, sin saber, creo, qué podía hacer. Un trabajo original, me ha dicho. Algunos se han reído, murmurando que estoy loco, y otros han callado, cabizbajos, visiblemente incómodos. Cuando el profesor ha acertado a decir algo, ha sido: Y bien, ¿qué significa todo esto? Yo le he contestado que he entrevistado, como él pidió, a un hombre ilustre, un prohombre local, que ha contestado a todo con elocuencia, con el poder de los gestos y las acciones y unas palabras, que como un karma pretenden, he sabido, decir algo en su sencilla monotonía. He insistido en que todo ha quedado clarificado, que al principio no lo entendía, pero que ahora, tras haber redactado y pulido mi trabajo, me resulta obvio. Se ha puesto colorado, tal vez por su impotencia, por no saber qué hacer conmigo. No han parado las risitas, pero algunos han proferido un silencio tenso, como si una fuerza invisible tirara de ellos hacia el suelo. Yo me he dado cuenta de todo y creo que he respondido bien a la pregunta de mi profesor. He acertado a susurrar, antes de sentarme y callar, con tristeza, Suma y destruye, que es todo lo que se puede decir, absolutamente todo.

Paseo por mi ciudad, eximido del instituto y la contemplo, o mejor dicho, la escucho. Es como una persona, algo vivo y complejo, que me habla, un ser regido por las mismas fuerzas que me rigen. Todo habla, hay voces que me dicen que no estoy loco, que he realizado un buen trabajo, que la entrevista está impecablemente planteada, que nadie puede decir ni saber más de lo que murmura y repite mi entrevistado, a quien sigo viendo fatigar las calles, plazas y avenidas, desde hace ya décadas, que se ha sentado a golpear en el suelo delante del parque, otrora frondoso, hoy angustiosamente abierto, sin muros, expuesto al mal terrible. Ese mal cansino que me tiene hastiado, que progresa como un cáncer, que me pudre y desintegra cual mortal gusano, que no se detiene, que todo lo rige, lo fulmina y lo recompone. Suma y destruye, suma y destruye. Finalmente vuelvo a la calle Real, vuelvo a sentarme en el suelo, frente a lo que fue el cine Cómico de mi infancia, porque dejé el instituto hace treinta años, que me han ido corroyendo, y me veo, porque es lo único que veo, a mí, a mí mismo, ahora guardando cola, en la calle, para entrar en el cine, en la calle Real que es la misma pero otra, y veo el niño que fui, y el joven adolescente que recorrió las calles para hacer una entrevista que apenas recuerdo y tengo ganas de preguntarle qué hace, qué cree o qué piensa. Es la lucidez. La lucidez que no tuvo mi profesor, la lucidez que faltó a mis padres, la que los médicos que me han tratado jamás han poseído, la que ni yo mismo tuve entonces. Por eso repito, en medio de la calle, con infinita angustia Suma y destruye, esperando que alguien me haga una entrevista mientras golpeo rítmica y cansinamente la dura alcantarilla metálica con una piedra.

El dragón de la fama

Érase un mundo sin internet. Más adelante yo conseguiría olvidar aquel inconcebible mundo pasado, como si no hubiera existido jamás. Pero ese mundo era también aquel en el que había cometido el error que no debería haber olvidado nunca. Lo que había ocurrido irremediablemente. Era verdad, aunque quisiera convencerme de que nunca había sucedido.

Con largas terapias y gracias también al estudio de la carrera de derecho he logrado, poco a poco, salir del atolladero, de mi miedo, de mi obsesión. Hoy ya han pasado más de dos décadas. Los tiempos han cambiado mucho. Internet ha sido, desde su generalización a finales de los años noventa del siglo veinte, una distracción, una alegría e incluso una forma de felicidad. Porque en mi retiro, apenas he podido hacer otra cosa que enfrascarme en la navegación *on line* por ese segundo mundo, el virtual, que está convirtiéndose en el primero. He aprovechado todas las posibilidades de evasión que nos facilita. Así que por suerte o por desgracia Internet ha determinado mi rutina en este retiro bajo la protección de la policía. Lo fundamental ha sido durante años que nadie supiera si yo seguía vivo. Era preciso vivir oculto.

Mas un resquemor se me incrustó en la sesera, como si me hubieran pegado una patada y desde entonces mis neuronas quedaran resentidas. Vivía en un retiro de oro, volcado en la producción poética a la que me he dedicado con frenesí, pero a solas, terriblemente a solas, sin atreverme jamás a publicar ni siquiera con un pseudónimo. Me faltaba la fama, la ansiada fama.

Me empecé a arriesgar abriendo cuentas en todas las redes sociales, aunque guardándome de darme a conocer de verdad, de mostrar mi verdadero nombre. Yo sería apenas un *nick*. Sólo un *nick* anónimo. Mis obras se atribuirían a un autor fantasma que nadie podría identificar en el mundo primero, el real. Un personaje de ficción.

Pero no era suficiente. Me quise convencer de que yo, mi yo real, estaría ya olvidado y que nada debía temer de tan lejanos días. Las cosas han cambiado mucho, me dije, desde que lo juró.

La popularidad, me advirtió la inspectora de policía, es algo impensable para usted, porque nadie debe adivinar su auténtica identidad. Nadie debe saber que sigue vivo. Para todos, incluso para sus familiares, está muerto. Y yo le decía que las adicciones, el fantasma de mis viejas adiciones, me estaban atormentando. Ahora, otra droga nueva me tentaba. La droga de la fama.

La chica era un bombón. Aquella velada yo solo tenía que acompañarla hasta la casa, de vuelta con su horrible padre, que por entonces financiaba mis peores vicios. Él permitía que los escoltas nos liberásemos de la tensión; así que me drogaba. Me drogaba mucho. Pero aquella noche me drogué más todavía. No bastaba la farlopa. Quería más, algún nuevo placer, un nuevo peligro. Me sentía frustrado por muchas rayas que me metía. En medio de la exaltación, ya fuera de mí, decidí probarlo todo. Pensé en algo muy presente en mis fantasías, algo deseado con desesperación. Nunca me había atrevido a imaginar que llegaría tan lejos como llegué aquella madrugada. En silencio, la había visto bailar. Era una auténtica diosa. Normalmente, éramos dos colegas quienes nos encargábamos de su seguridad, dos matones. Pero aquel día éramos solo ella y yo. Yo me sentía como alucinado, con un extraño hormigueo en el cuerpo.

Yo estaba feliz y la veía de esa manera tan provocativa, que se me clavó en la mente el deseo inconfesable. Me invadió la voluntad de saborear algo nuevo e intenso, de flipar, de perder los estribos, de que se me fuera la cabeza; una voluntad de exceso, al principio difusa y al poco rato muy concreta, vehemente, centrada en lo que decidí hacer. Una fatal decisión.

Entonces irrumpió el exceso, el horror y la sangre. Cuando la vi tal como la había dejado, inerte con su precioso cuerpecillo destrozado, yo me sentía frenético y todavía muy excitado, resollando bestial y empapado en sudor, incluso cuando comenzaba a encajar lo que había hecho. En un *plis-plas* me hice merecedor de la venganza del hombre más letal que existe, que sabría hacer de la vendetta un arte refinado, inteligente y culto. No le temblarían las manos, no. Todo apuntaba a que recibiría mi castigo con la precisión y sangre fría de un neurocirujano.

Pero todo esto sucedió hace mucho tiempo. Dos décadas. De hecho, ocurrió en la prehistoria. Eludí la venganza mediante un pacto con el Estado, que desde entonces me ha ocultado durante los años de cárcel y con posterioridad en este retiro como testigo protegido. De aquel día fatídico sólo recuerdo que me sentía como un dios. Nunca me había pasado. Jamás había ido tan lejos cruzando la frontera que nunca, nunca hay que cruzar. Tuve que cometer el crimen infame, aun a sabiendas de quién era ella, de quién era su padre. Diría que incluso por eso.

Yo era muy joven, un muchacho que vivía por todo lo alto. Cuando lo rememoro me duele y hace que me embargue una gran tristeza. Llegué a violar y a matar, sí. Y lo digo con sosiego, porque después he conseguido ser otro. Lo he pagado y juro que no lo volvería a hacer jamás. Ahora soy licenciado en derecho.

En mi monótono retiro, en un mar de tedio, reconcomido de abulia, descubrí Internet a finales de los noventa. Desde entonces lo más memorable me ha sucedido de modo virtual, es decir, que he mantenido una prudente y anónima hiperactividad en la Red. La fama llega pronto con internet, si uno sabe jugar bien sus cartas. Desde luego, me cuidé de nunca revelar mi nombre verdadero. Vivo, o mejor dicho, vivía bien. Escondido.

Decidí proyectarme en esa doble vida virtual que comenzara a emerger con el nuevo siglo y ser alguien en internet, un usuario secreto, un *nick* cuya identidad verdadera fuera irreconocible. Y así ocurrió. Pronto mi *nick* se hizo conocido. Pero no fue suficiente para mí. Cubierto por un *nick* yo seguía siendo nadie. Así que me fui convenciendo de que debía ir más allá, de un modo que me recordaba, en parte, a la aciaga temeridad con la que crucé la frontera del asesinato. Me dije que había pasado mucho tiempo. Gozaba de miles de admiradores, me convertí en un anónimo famoso y admirado, pero anónimo. Mis escritos, mis consejos en mi blog y el canal de *youtube*, y sobre todo los poemas y relatos, derritieron y desdibujaron todo miedo y prudencia para apostar fuerte una vez más. El morbo de nuevo y el dragón de la fama. Fama y peligro. Un estímulo como lo fue la cocaína. Entonces, aposté por revelar mi nombre a grito pelado, mi nombre real y unos datos sobre mí. Tenía que conocerme todo el mundo. Mi nombre, como un flotador a la deriva en el océano de internet, seguía siendo solo un nombre, pero era el mío, el de verdad.

Ahora me dejan solo. Por actitud rebelde e irresponsable el Estado deja de hacerse cargo de mi seguridad. Y he terminado en la soledad de este apartamento anodino en un barrio muy convencional. Ya no me oculto. No es preciso. Ahora asumo, demasiado tarde, que con mi nombre iba la posibilidad de ser reconocido, de que me rastrearan hasta llegar a mí, de que supieran que existo para ser objeto de un castigo de crueldad inenarrable, para morir por partes, a trozos. He vuelto a cometer un error. Es muy fácil seguir el rastro de una persona, de un nombre real, de una verdadera información, hasta llegar al origen, a la persona de carne y hueso. Lo había asumido y por eso cuando me abandonó la policía, cuando mi dirección real ha dejado de estar protegida, cuando el mundo entero ya puede saber mi vida, esa vida llena de pistas para mi verdugo, la vida que he querido consagrar con la fama, cuando todos saben por fin quién soy, espero. Como un tonto. Espero.

Hipoxia

Le pareció una eternidad, pero sólo había ocurrido durante dos o tres segundos, le dijo alguien en el mundo blanco. ¿Será como morir? Se preguntó cuando abandonaba por su propio pie el centro de salud, ya recuperado. ¿Será esto la muerte?

Recordó. La lucidez le había llegado después de que lo forzaran a abandonar la orgía que se desarrollaba en el seno de un inmenso y templado tomate. Lo más descabellado sorprende, cuando menos se espera, con insufribles dosis de placer. Lo más dulce.

Después de la orgía, la insulsa realidad. ¿Qué ha sucedido? Ya empezaba a decirse, cuando el mundo blanco que le esperaba al otro lado del mundo rojo se fue interponiendo con un carácter irreal, al principio, ya que donde había gozado de unos instantes eternos, en el mundo rojo, todo era tan sensual que parecía lo más real. Una realidad embriagadora y apetecible.

Era tan triste abandonar el mundo rojo, que el viajero seguía manoteando en el mundo blanco del hospital, insistiendo en proseguir con obscenos movimientos de cópula. Cuando pudo entender que estaba haciendo el tonto, taladrado por dos miradas de hielo que habían observado todo el rato en el mundo blanco, obtuvo la claridad de ideas y vio, como desde fuera, su estúpido manoteo, en la intersección de ambos mundos. Supo que la vuelta ineluctable al mundo blanco, por muy poco que le gustara, suponía retornar al verdadero mundo. Pero no quería que lo sacaran del mundo rojo, deseaba permanecer en el mismo. El mundo rojo era inercial, cenagoso, utópico.

A la vuelta de ese mundo rojo estaba la solidez de la ciencia, es decir, de la medicina científica, la presencia evidentísima de un enfermero, no un arcángel, sino un técnico sanitario y una médico impertérrita. Quisieron simular que no habían visto los soeces manoteos en el aire, que no habían espiado sus obscenas gesticulaciones. No era dueño de sus deseos. Por eso no debía sentir vergüenza por el lamentable espectáculo de las lúbricas caricias aplicadas en falso.

Hipoxia, es decir, una brevísima falta de oxígeno en el cerebro. Eso le dijeron. La realidad blanca era de plástico y en ella había una especie de boquilla donde había tenido que soplar con mucha fuerza, mientras escuchaba la voz increpándole para que soplara más, mucho más, siempre más, y más y más y más. Siempre queda algo, hay que echarlo, echarlo todo, todo hasta el alma. "Hasta el alma" fue lo que oyó justo antes de desvanecerse.

No puede ser, no puede ser mentira, se repitió. Una prueba de espirometría le acababa de conducir al más enervante éxtasis. Y la joven, que en el mundo rojo se había arrojado a sus brazos, se tornó una esfinge en el mundo blanco.

No quiero estar aquí, se decía, mientras el cerebro se llenaba del oxígeno que le había faltado durante dos segundos. La blanca luz, la litera de metal, las vendas detrás de puertas de cristales, la mesa funcional, todo ello era digno de la más firme obediencia. Y le habían ordenado que soplara con fuerza, costara lo que costase. Más fuerte, cada vez más fuerte, aun cuando perdía el resuello sin que le quedara el menor rastro de aire en los pulmones.

Así que, melancólico, sabiéndose uno más en la urbe, decidió bucear de nuevo en el mundo rojo.

Murió feliz. En el mundo blanco, que es todo él un hospital sin mácula, lo hallaron con una soga al cuello mostrando una expresión de beatitud mientras el cuerpo sin vida se balanceaba. Había ingresado en el mundo rojo para siempre. Pero no se trataba de un suicidio, como dijeron. El mundo rojo existe. El mundo rojo es concreto, positivo y muy real. Por eso lo hallaron colgando en su casa, que era fría y minimalista.

La moneda de plata

El pordiosero se dio cuenta de que algo redondo y liso se había caído de la bolsa de tela. Todo había ocurrido a la luz difusa del ocaso, cuando apenas había fieles en el templo. La sombra que portaba la bolsa había salido envuelta en sus velos, misteriosa e irreconocible. La moneda sonó como una campanilla al rodar por los escalones de mármol, en un breve paseo que culminó a dos pasos del pordiosero, quien, inmóvil, esperó a asegurarse de que nadie se hubiera percatado. La mayoría de los mendigos había abandonado la puerta del templo y ya caminaban como una espantosa procesión hacia sus lugares de descanso, al amparo de muros, árboles o grandes rocas. Sólo quedaban tres, además de él, uno de los cuales dormitaba, mientras que los otros dos charlaban en su extraña lengua. No entendía su charla, pero se aseguró de que no hablaban de él vigilando sus movimientos. Ninguno de ellos pareció atender a su paso sigiloso. Con disimulo, pisó el disco metálico. Un cuervo, desde la atalaya de un gran olivo, lo observaba. Sus ojos reflejaban suavemente el sol poniente mientras profería graznidos como insultos.

En cuclillas, simulando que orinaba, pudo desplazar el pie y, con un movimiento trémulo, agarrar la moneda. Cerró el puño con fuerza. Mirando de reojo a los otros pordioseros, abrió la pequeña bolsa que le colgaba del cinto e introdujo el valioso disco. Porque, pensó, debía tener un gran valor. Jamás había contemplado moneda de tal guisa. Era maciza y pesada, del color del hierro pulido.

Fue caminando con lentitud calle abajo, apoyado en su bastón. Cada pocos pasos, volvía la cabeza hacia atrás, temeroso. Las multitudes de pastores y campesinos regresaban como una bulliciosa corriente en cuya contra marchaba. Con asco, los hombres y mujeres se apartaban de él. No se sintió tranquilo hasta abandonar la gran avenida e internarse en el laberinto del mercado. Apenas supo que el cuervo gigantesco lo observaba desde la nueva atalaya de una alta azotea.

Repitió el truco. Hizo como que orinaba en la esquina encalada. Le estremeció el roce de un niño que pasó trotando. Nadie más. Estaba solo en la penumbra del callejón. Ahora podía cerciorarse del valor de su fortuna. Palpó en el interior de la bolsa y asió el enorme disco que, con mano temblorosa, agitado el resuello, condujo ante sus ojos, cerca de la cara. En efecto, era la moneda más pesada que había tenido jamás. No era bronce, ni cobre. Aquello no podía ser sino plata. Con la yema del pulgar acarició el pequeño bajorrelieve, la cara venerada del césar. Entonces, un golpe contundente en la nuca le nubló los ojos y hubo de caer en el charco formado por su propia sangre.

Embozados, los dos mendigos corrieron hacia el barrio nuevo. Allí conocían un lugar seguro. Caminaron en la ya reinante noche hacia la luz del lupanar donde solían terminar sus jornadas. Unas ramas de romero prometían los goces del amor fugaz. La puerta estaba cerrada, pero podían oler el incienso y la menta, el humo de las numerosas lámparas en su interior. Llamaron según era su costumbre.

La joven meretriz, la deseable muchacha que hasta entonces les había estado vedada, abrió los ojos con desmesura al ver la enorme moneda de plata. Sobre la mesa había una gran jarra de vino aliñado con canela y miel, levemente tibio y rebajado con poca agua. Esta, olvidando su asco, se abalanzó sobre uno de ellos, rodeándolo con sus brazos de marfil, mientras el otro la agarraba por la espalda. Revueltos los tres en una procelosa orgía, apenas atendieron a los rasgados graznidos del cuervo gigantesco que en la oscuridad de la calle observaba la luz parpadeante que asomaba por la pequeña ventana.

Al alba, los dos hombres agonizaban ahogados en su propia sangre.

La joven dejó atrás la ciudad. Atravesó las puertas sin apenas mirar. Andaba presurosa con la mirada gacha. Delante de sí, se extendía un camino que serpenteaba por las ondulantes colinas de olivo y trigo. Poco a poco, el ajetreo matutino de los mercaderes, el escándalo de las bestias, el ruido acompasado de las armas de los guardias, fueron quedando lejos. Ocultaba en un velo el rostro pálido y ovalado. Escondida en una ranura de la suela de una sandalia de cuero, la moneda de plata era su único bien. Debía alcanzar pronto la villa más cercana. Sudaba copiosamente y procuraba no sentir remordimientos.

Se detuvo alarmada por el estruendo de los cascos de un caballo. Como una exhalación, el animal desbocado corrió hacia ella, loma abajo. Era negro y apenas atendió la orden de su aterrado dueño, que apareció tras él. La joven quedó tendida boca arriba, con el velo ensangrentado y los ojos abiertos con pavor.

El villano murmuró una plegaria. Se arrodilló espantado y cerró los ojos horriblemente abiertos de la víctima. A unos pasos estaba la sandalia, de cuya suela sobresalía el borde de un disco plateado. El hombre inspiró profundamente. La frente se le había cubierto de pequeñas gotas brillantes y saladas. Con el corazón queriéndosele salir del pecho, recogió el trozo de metal y lo guardó en una bolsita que llevaba pendiente de un collar de cuentas. Aún se oía, ya lejano, el trote del caballo enloquecido. El hombre echó a correr hacia la capital.

Conocía el camino. No iba a su primer pleito. Pero el juez que le había tocado en suerte tenía fama de severo. Había madrugado para hablar previamente con él, si se dignaba recibirle. Mas, tras lo ocurrido, decidió intentar algo infame. Aliviado, vio que el juez aceptó la moneda. Horas más tarde, falló a su favor.

Tras el amor, la copa vacía rodó por el suelo. Entonces, la amante se levantó sigilosa y bajó corriendo las escaleras. Atrás dejó el cuerpo inerte del juez. Sus ojos negrísimos brillaban en medio de la palidez del rostro descompuesto. Apenas podía pensar. El miedo, la turbación, la prisa la hicieron resbalar en el último y fatal tramo. De su boca, como un salivazo, salió despedida la moneda, que, a su vez, rodó hasta la calle.

Allí acechaba el enorme cuervo. Planeó como una sombra fantasmal y atrapó la pieza de metal con su detestable pico. Después se alejó, sobrevolando la urbe que aquel día despertaba con el clamor de un pueblo que gritaba ¡Barrabás! ¡Barrabás!

No lejos de ella, sobre el abismo, pendía un cuerpo. La lengua caía sobre el pecho, amoratada, y los ojos parecían contemplar los horrores del infierno entre el zumbido de las moscas. Al pie de la higuera, donde el ahorcado era balanceado por el viento, había una bolsa de tela. Dentro, veintinueve monedas de plata.

Una sombría infancia

Yo no era como soy. No he sido nunca quien soy. Es todo lo que puedo decir. Aún guardo algunas imágenes de lo que fui, que me irán abandonando. Todavía persiste la sombra de mi anterior infancia, la original, la que contrasta con la nueva infancia que me va colmando poco a poco. Por ahora soy capaz de comparar y de valorar el cambio en su justa medida, durante un tiempo de transición, supongo, hasta que todo dé la vuelta de manera definitiva. Está siendo una experiencia extraordinaria.

Al principio he sentido, como me advirtió Merlín, nostalgia de mi vieja orfandad, la de mi primera existencia, la que deploro; es decir, experimento un incongruente apego a mi infancia huérfana, cruel, la que se despide de mí en estos momentos de mutación. Soy capaz absurdamente de sentir pena porque voy perdiendo mis vivencias de pandillero, a las que debía mis pasiones más atroces. Evoco a mis colegas de la mara como si pertenecieran a una bruma que va disolviéndose, como si las imágenes del recuerdo no tuvieran ya correspondencia con nadie real. Todo va hundiéndose en la nada. Todo lo anterior.

Desaparecen los recuerdos; los rostros de quienes extorsioné, de las mujeres a las que me unían trances de horror y éxtasis, los rostros sin vida de muchos *hermanos* después de la reyerta. Siento perder el recuerdo de mis víctimas implorando a las puertas de la muerte. He sentido nostalgia de Timo, mi perro, acostumbrado a infligir salvajes dentelladas, a precipitar a la eterna noche a quien yo le señalaba, al pobre sujeto al que el miedo le hacía orinarse encima mientras aguardaba trémulo, lloroso, fuera de sí, a que el perro se lanzara como un rayo para comerlo vivo. Mi perro ahora parece recelar de mí, de su propio amo y ni siquiera puedo ya considerarlo una cosa del mundo, un ser vivo, real. Va difuminándose su forma y su aliento, va borrándose delante de mis ojos y por eso siento lástima. Se disipa junto a mi infancia, junto a la vida que rechacé.

Descubro que por todo ello había desarrollado un apego que no esperaba. ¿Cómo es posible que sienta amor por ese dolor, el dolor que era mi vida entera, yo mismo, y que afortunadamente va siendo arrancado del mundo? Mi vida anterior, la que había vertido en versos famosos durante años, en medio de las peores iniquidades. Ahora odio esos versos, porque odiaba mi vida, he querido mudarlo todo. Creo. He podido hacerlo. Se me ha concedido un milagro. Esta transformación me está resultando sagrada, una transubstanciación, un nuevo nacimiento. Sí. Renazco. Renazco para ser otro.

Lo decidí cuando iba a cometer mi enésimo crimen. Él, Merlín, que ya se veía con un pie en el otro mundo, cuando lo iba a degollar con saña y felicidad, me gritó: ¡Aguarda, aguarda, te puedo regalar una infancia! Si me matas jamás saldrás de tu vida, de la vida que quieres borrar. Tú no quieres ser pandillero, tú, lo sé, porque te he estudiado y lo proclamas en tus poemas, porque se lo pides a la Santa Muerte en tus cuadros alucinantes. ¡A ti no te gusta esto! "El sicario poeta"… tu fama te es amarga, porque tú no quieres nada de esto, no quieres esa fama, la odias.

Todo eso me dijo, el cabrón, y logró que detuviera el cuchillo que ya iba dispuesto a hacerle morir por partes. Me conocía, me conocía mejor que los periodistas, mejor aún que los críticos y mucho mejor que mis lectores. Siguió murmurando que sabía perfectamente lo que yo quería. Lo sentirás poco a poco, me dijo, y será en cierto modo una muerte. Pero nacerás de nuevo. Cumplirás tu sueño, si vivo para conseguírtelo. Déjame desplegar ante tus ojos la nueva infancia, una infancia de otro, para enfilar una buena vida. Eso me dijo. Era verdad que yo había expresado este deseo, en las ensoñaciones que pintaba y componía, en las pinturas y los versos.

Gozo ahora mientras la metamorfosis ha empezado a regalarme el lenguaje al que aspiraba, el conocimiento y una impensable erudición de la que estuve siempre exiliado. Me convierto en un erudito. Se alza ante mis ojos una nueva vida, la de un verdadero escritor, culto, con un registro adecuado en sus textos, lo que necesitaba, un verbo preciso y sublime, por el que puedo componer el texto que estás leyendo, sin las turbias oscuridades e imprecisiones de mis versos anteriores, sin su primitivismo ni su visceralidad, que ya no quiero. Es verdad. Anhelaba no ser más el que era, de eso estoy completamente seguro. Merlín lo había adivinado. Decían que era una especie de brujo. Y era cierto, pudo concederme el milagro deseado: una infancia a la carta.

Tengo una vida nueva y un nuevo pasado, y por tanto un nuevo futuro, a mis veintiocho años. Porque si había asesinado, fue con una pregunta siempre clavada en mis ojos que era la misma que se formulaban mis víctimas en los últimos retazos de vida. Solo a ellos confesaba entonces mi verdad mirándoles con mis ojos malditos, para que la llevaran a la tumba, la verdad que había en mis cuadros y poemas. Les decía que hubiera dado todo por no ser yo y por no tener que matar; eran las últimas palabras que escuchaban antes de morir. Así que a Merlín le confesé que me arrepentía de mis crímenes, que me detestaba profundamente a mí mismo. Detestaba esas magias que eran para mí las armas de fuego, pero que, en la medida en que redacto esta memoria, están perdiendo su lado bello y exultante, de modo que ni siquiera recuerdo los modelos de arma que tanto me habían seducido. Alguien dijo, un crítico, que en mi poema *El casamiento* consideraba mi medio de expresión el asesinato, la violencia en estado puro.

Ahora surge un desconocido amor, una reconciliación. Abundan las imágenes de mi madre teniéndome en los brazos. Mi casa, lejos de la cárcel, es confortable. Me gusta. Y sobre todo, puebla mi memoria el don de una infancia feliz, el mayor regalo que puede darse a un hombre. No me ha faltado nada. Escogí un nuevo pasado rodeado de hermanos, de veranos y de navidades maravillosas, lejos de las celdas sofocantes que ya habitaba todavía imberbe. Una casa grande y lujosa como un palacio, rodeada del jardín donde fui descubriendo un mundo de sensaciones amenas que me acompañará siempre, a lo largo de mi nueva vida. Me extasiaba en el jardín mirando las hormigas que transportan sus pedacitos de hojas y no esnifando pegamento. Así pasé tardes enteras, absorto en la contemplación y el juego.

En esta infancia que adviene, he vivido de una satisfacción a otra satisfacción. Todo ello ya va formando parte de mí; todo ello ya soy yo. Y mientras se va consolidando el recuerdo de un lejano día en que cumplía ocho años lleno de felicidad, han ido borrándose los aborrecibles tatuajes, los tatuajes que quedaban en mi cuerpo como un lastre. Mi piel está limpia, huelo bien. Nunca he visto una pistola. Me embarga un universo de nuevos aromas. También me desbordan los recuerdos de la universidad. He estudiado ingeniería, puliendo mi inteligencia, una inteligencia fértil, espléndida. He estudiado, también, literatura. Mi ansia de conocimiento, lo que otrora apenas vislumbraba e intuía como algo frustrado, ahora me posee. Soy culto, un erudito. Todo lo anterior está ya dejando de ser. Todo va desapareciendo.

Tengo un pasado y un futuro para poder expresarme bien, para ser delicado y sensible. Ahora podré decir lo que quise decir y no pude, cuando era un presidiario temido y dispondré de un arsenal de palabras, de lecturas, de capacidad expresiva y retórica que me permitirá decir con exactitud lo que quiero. Voy a decir el cosmos. La literatura ha llegado por fin de verdad.

Pero hay en mi nueva infancia algo que no acierto a identificar, algo que falta. Un vacío. Medito arduamente qué pueda ser. Repaso mis nuevos años pasados, mis muchas felicidades, mis días de plenitud, pero no lo hallo. Es extraño. En medio de tanta abundancia hay una sombra, algo que mi anterior infancia sí albergaba, algo que expresaría más tarde en versos terribles porque lo padecí con una intensidad insufrible. Nada de ello va a perdurar, nada de mi vieja infancia perturbadora. Así lo he elegido. No puedo admitir esta nostalgia, esta incongruente amargura al despedir mi pasado más ominoso. Mi vieja niñez fue un pozo de sufrimientos. No entiendo qué me pueda faltar ahora, de qué don me estoy desprendiendo. Un cierto don elemental.

Intento expresar mi desazón y cojo los pinceles. En mi infancia de oro he disfrutado de grandes maestros, he estudiado, he practicado durante años el arte de la pintura con los mejores medios. Pero cuando voy a componer mi obra, apenas puedo dar con los tonos adecuados, con el cruce de perspectivas, con las formas de expresar algo intenso, algo básico. Dicen que mi arte, mi arte actual, carece de voz y de personalidad. Respecto a la poesía, puedo expresar el éxtasis con útiles conceptos, puedo escoger las palabras más adecuadas, pero no está, lo percibo, un desajuste que voy olvidando, un fértil caos que adoraba a pesar de todo. Comienzo a desolarme. Me sobran las palabras pero me falta la verdad. Me veo imposibilitado para pronunciar el abismo. Desaparecen mis antiguas y categorías para caer en una paz de ángel, en una impotente comodidad, en un comedido rosario de correctos y elegantes poemas.

Ya no puedo blasfemar. Bendigo el mundo, agradezco mi infancia y mi vida, no puedo más que agradecerlas, no puedo sino halagar con el don de una prosa y un verso adquiridos con perseverancia, de bellas simetrías y proporciones, pero no consigo mirar lo esencial. Ya no puedo mirarlo. Lo he dejado de ver, aunque presiento que existe, que se halla ante mis ojos que no logran verlo. Algo que estaba en mí y que era yo. Un don inefable y horrible como la cárcel, un don parido a puñetazos, a navajazos, a tiros. ¿Qué formas, qué verdades era capaz de ver en mi vida descartada? Me siento torpe, sin alcance. Me he traicionado a mí mismo y al arte. Todo lo anterior se borra, mi preciosa podredumbre, el vivo recuerdo del crimen y el presidio. Mis palabras, mis nuevas palabras, no llegan a las cosas, apenas sirven.

Bebo buen vino, disfruto de banquetes, de apacibles sobremesas y amenas tertulias con amigos que no han matado ni a una mosca. Todos bailamos con las palabras, palabras que acuden abundantes, perfectas… pero incapaces de decir nada.

El secreto de los cuidadores de monos

Los había cazado a uno tras otro, desde el tortuoso Rif hasta el Bajo Atlas, comenzando por quien le había indicado el hombre corroído por la lepra. Tu búsqueda debe iniciarse en Tánger y allí es donde debes implorar la respuesta interrogando al primero de ellos, le dijo, una vez te hayas purificado. El mendigo que le habló no podía imaginar que su intención era matarlos, es decir, forzarles a confesar un secreto que nunca revelarían de otro modo que a las puertas de la muerte. El asesino no se engañaba al respecto y sabía que tendría que proceder con determinación.

Acerca tu oído a mi boca, dijo el pordiosero, para que te revele el primer nombre, musitó en la embriaguez del hachís. Su voz parecía un quejido. Durante días, el asesino se había sentado a su vera, lo había alimentado y abrigado arrojándole una manta, le había cantado canciones en lengua bereber. Yo amo al que sufre porque Él ama a quien sufre, le susurraba al oído. Por eso yo te amo. Incluso había llegado a rozar con un suave pétalo de rosa la palma abierta del hombre al que la lepra había cegado, simulando un beso en la mano hedionda.

Si alguien le preguntara por qué mataba, habría afirmado que lo hacía por dinero. De este modo, mentiría. Le habían pagado mucho dinero, desde luego, pero sus verdaderas motivaciones eran demasiado execrables para admitirlas. Las muertes lo iban convocando a ser, lo iban nutriendo como la sangre a un vampiro y esto pocos lo entienden, se decía. Oficiaba una liturgia bestial, gozando con el mismo afán lúdico de los gatos cuando juegan con sus presas. Matar era una forma de vida y sus abominaciones querían ser una suerte de plegaria a un ídolo invertido. El mal era su honor. Portaba nueve identidades y él era plenamente en cada una de ellas, de un modo tan profesional como metafísico. Pero si alguien pudiera tirar de cada una de ellas como si de túnicas se tratara, levantando los nueve velos, comprobaría que dentro de todo ese ropaje no había nadie.

El rastro de muertes cruzando Marruecos estaba siendo investigado por la *Gendarmerie*. Debía actuar con más celeridad que la policía, suplantando personalidades, fingiendo vidas y oficios, padeciendo destinos ora aciagos, ora sublimes, ejerciendo todos los trabajos con el mimetismo de un camaleón y la constancia de una sanguijuela. Sabía que solo en trance de muerte los cuidadores de monos confiarían su secreto y que debía buscar e interrogar al poseedor del nombre revelado en la precedente agonía. El leproso le había prometido que él conocía dónde empezar el recorrido a lo largo de quienes guardaban el secreto. Él poseía el secreto del secreto. En su apoteosis de despojo y podredumbre, como Job en el éxtasis de la soledad y el abandono, cuando solicitaba la piedad de la limosna al pie del minarete octogonal de la mezquita de Utta el Hamman de Chaouen, con la palma de su mano vuelta hacia arriba, como un pozo al que rehúsan asomarse los hombres que le arrojaban las monedas cubriéndose los ojos para no contemplarlo, aquel mendigo repetía que era un privilegiado, el hombre más dichoso y cabal, el portador del más noble de todos los secretos.

El asesino tenía instrucciones de comenzar su trabajo en Chaouen, localizando al miserable indigente de lengua larga, pues entre los turistas se había tornado una rutina contar el horror y la locura que representaba el deforme leproso al pie del minarete, que juraba en una interminable salmodia saberlo todo, que decía tener en su boca el nombre deseado, que podía revelar el inicio de la senda que conducía a una verdad tan terrible como sublime. Con él debía el asesino comenzar el encargo.

Para engañarlo, el asesino practicó la caridad durante semanas, camuflado como peregrino proclive a las obras piadosas. Pero al comprobar que aun ganándose la confianza del mendigo, este no acababa de revelar por quién habría de emprenderse el camino en pos del más grande de todos los misterios, mezcló hachís entre las viandas que, como todos los días, cocinaba para él. Así que este, nublándosele toda resistencia, balbuceó al asesino que si deseaba conocer el peor de los secretos, debía iniciar la peregrinación en Tánger y buscar a Saladin, para recorrer el camino de los cuidadores de monos, uno tras otro. Mas le advirtió que ninguno hablaría fácilmente. Los auténticos conocedores de la más insoportable de las verdades son, dijo, los cuidadores de monos, que guardan la parodia del hombre, porque el mono es la parodia del hombre, pero habrás de sonsacar a cada uno el nombre del siguiente en la lista aciaga y ellos hablarán cuando se crean morir y sientan el horror de llevarse con ellos el nombre abominable que puede condenarlos al infierno.

En Tánger, Saladin, un callado empleado del puerto, alimentaba a los monos requisados en la aduana. Les daba agua y comida, los desinfectaba, les inyectaba las vacunas. Estudiaba sus hileras de dientecillos de humana apariencia, sus manitas, sus orejas tan semejantes a las nuestras, y con ellos trataba de entender al hombre, viviendo como un sabio en el anonimato, capaz de encarar, como un siervo de la verdad, el comienzo de la respuesta aciaga que sólo podía conocer el último nombre de la tenebrosa lista. Y en la soledad de su casa, amigo de los monos pero no de los hombres, cuando un cuchillo se le hundía en el pecho, pronunció "Omar, en Fez".

Y el asesino, después de acometer la primera ejecución, convertido en un anciano cabileño, vestía una chilaba parda mientras conversaba cordialmente con algunos pasajeros del autobús, en dialecto *dariya*, y emprendía el viaje en zigzag que había de desembocar en Fez. Omar, el segundo cuidador de monos, era un sabio que pasaba por estulto, un hombre práctico en apariencia, que teñía telas en el laberinto de la gran medina, un joven de ensortijado cabello castaño, de bereberes pómulos sonrosados y una vieja ruina en la mirada. Fue quien reveló, mientras también a él le atravesaba el pecho el solitario acero llenando de tinieblas la ruina de su mirada, el nombre y la ciudad donde habitaba el tercer cuidador de monos, descargándose del mal de acarrear tal secreto a la tumba.

Omar era a quien todos en la medina juraban haber visto comprar monos con compulsión, aun siendo pobre. No tenía dinero para comer y sin embargo adquiría sin cesar macacos del alto Atlas. Se decía que los utilizaba de criados y que a veces ellos robaban los mendrugos de pan de harina de garbanzo con que se nutría. Tras el sacrificio de este, en medio de los aullidos de decenas de macacos furiosos, en la plaza *Jemaa el fna* de Marraquech el asesino localizó a Yusuf en un puesto donde ofrecía un espectáculo circense de trapecios y monos ante un corro de turistas, no lejos del encantador de serpientes.

El verdugo que cometía sus crímenes sin inmutarse, llevado por la antigua sabiduría de su oficio, no ambicionaba el secreto, sólo aspiraba a obtener la suma de dinero que le prometía un catedrático español mas, sobre todo, le movía el solaz de sentirse dueño de la vida y de la muerte. Para ello utilizaba sus cuentos y sus disfraces. Según este profesor que lo había contratado, todo debía prepararse para estar listo en el congreso de mayo, cuando el catedrático debía coronar su carrera con el mayor de todos los logros. Sellaron su pacto en La Línea de la Concepción, junto a Gibraltar. Había leído en viejos pergaminos árabes que robó de archivos de Marruecos, la leyenda sobre los portadores del secreto más inconfesable de todos, un secreto que retumbaría en los oídos que lo escucharan, insoportable y tremendo, guardado por una dinastía de ocultos fieles que no se conocían entre sí, salvo a uno de ellos que seguiría, a su vez, la cadena, guardando el nombre del siguiente. Había que jugar un juego de la oca e ir descubriendo a los menos sacerdotales de todos los sacerdotes, a sabios que fingían la ignorancia. Resultaba vital hacerse con el repulsivo secreto, hallar el nombre inicial, el del comienzo de la cadena. Había descubierto buenas razones para sospechar que había que localizar a un viejo leproso en Chaouen, que alardeaba ante todos los turistas de saber el primero de una trascendental letanía de nombres que portaba la gloria y la perdición. Así que el hombre docto supo cómo iniciar una tarea que solo un asesino sin escrúpulos podría llevar a cabo. Era heredero de una fortuna con la que se propuso sufragar los gastos y minutas del silencioso y eficiente matador a sueldo, un profesional que acometía su tarea con misticismo.

¿Debe saberse? El viejo profesor no se lo preguntaba. Había elegido conocer la más malvada de las verdades por un prurito de soberbia. Habría de coronar su carrera de este modo, para pasar a los anales de la historia y obtener, por esa vía incierta de la fama y del renombre, una eternidad titubeante. Ser él quien proclamara lo que de tan certero y elevado que es, puede hundir, al mismo tiempo en la miseria. Jugaba con la muerte y la locura. Una vez más, el hombre compraba su inmortalidad a un precio que no imaginaba, a pesar de tantas advertencias leídas en los manuscritos andalusíes. Es preciso avisar, aseveraban los escritos, de que no se puede soportar la profanación del secreto de los cuidadores de monos y quien lo intenta se expone a la insania.

Dios es irónico y desconcertante, alabado sea. El asesino, con la policía tan cerca que podía oler su aliento, a duras penas arrancó el último de los nombres, el del portador final del secreto. Para su asombro la verdad no se jugaba ya en Marruecos, sino que había que buscarla de nuevo en la Península, en una ciudad mestiza. Todo era una suerte de broma, se dijo, retornar al punto donde empecé la pesquisa, a un palmo de la casa del catedrático con hambre de fama. El último nombre había sido pronunciado ante las dunas de

Ouarzazate, Plowman, un nombre inglés, perteneciente a un teniente del regimiento del ejército británico situado en la ciudad de Gibraltar. Era el oficial veterinario encargado de contar, vigilar, vacunar y alimentar a los más doscientos monos que habitan las sesgadas pendientes del Peñón. Cuando se encontraron, el teniente, de austeras costumbres militares, sobrio y parco en el decir las cosas, que era el sabio entre los sabios, tuvo la certeza de que iba a morir, en la penumbra de su apartamento de balcones de hierro roídos por el levante. La lucha apenas fue un trámite y el cuchillo venció a los puños. Entonces, utilizó su último aliento para pronunciar la respuesta, el secreto de secretos, que concede la verdad al mismo tiempo que la locura precisa para soportarla.

El asesino, tras matar al teniente, gimió entre los pinos de la ladera oeste del Peñón. No muy lejos, se avecinaba desde Ceuta una tempestad. Supo que estaba a punto de volverse loco y procuró no repetir lo que el teniente había proferido, no creerlo, no sentirlo, olvidarlo. Debía actuar con automatismo, y experto en fingir, supo fingir la ya perdida cordura, creerse cuerdo, aunque ya había sido tragado por la horrible faz de un espanto más brutal que sus propios espantos y atrocidades. El dinero del catedrático le pesaba como un ominoso lastre que lo arrastrara a una perdición de soledad y gritos. Maldijo la codicia y maldijo su hambre de sangre. Él, que había oficiado los sacrificios con la mayor de las devociones, se había tornado muda bestia en otro sacrificio mayor, humillado por la palabra y la iluminación. Tuvo que huir de Gibraltar, no soportaba sentir a los monos, escuchar sus alaridos, husmear su olor acre, verlos bailar sobre la ciénaga del Estrecho. Cruzó nadando, sigiloso y con los dientes apretados de dolor, los dientes que se le antojaban como dientes de mono, en perfectas hileras, en mandíbulas casi humanas, porque no podía soportar ni un segundo más ser un hombre. Con su último a aliento nadó hasta La Línea.

En los últimos instantes de lucidez, el asesino comunicó al catedrático el secreto de los cuidadores de monos, que este acogió con el esperado horror, tapándose los oídos estremecidos, en un inútil arrepentimiento porque había sido ya pronunciado y él también perdía la razón, proclamando la verdad, afirmando entre maldiciones que los hombres somos la parodia de los monos.

La noche amarga

Las flores heladas y los cipreses se asomaban desde el misterio de los patios. Picuelo y su hijo subían dando traspiés por las cuestas de piedra del barrio viejo, gélido y diáfano. El castillo apareció a la vuelta de una esquina. Estaba en lo alto de un cerro salpicado de árboles deshojados, señalando a ambos que por fin habían llegado. Tras un último y unánime suspiro, se toparon con la puerta de la peña. Era un viejo portón de madera casi podrida. Picuelo tomó del hombro a su hijo y declaró ceremoniosamente:

- Detrás de esa puerta, tu padre -dijo como si no se refiriera a sí mismo- hizo llorar a Curro Méndez en persona... Pero eran otros tiempos.

Desde luego, eran otros tiempos. Eran tiempos jóvenes, de insólitos propósitos y esperanzas firmes. En ellos fue cuando Picuelo aprendió a leer por una apuesta. Aprendió a la vez a leer, a mezclar la arena con el cemento y a cantar el polo tobalo, tras un interminable servicio militar que hizo en la capital. Fueron cuatro días en un tren de vapor donde Picuelo cantaba bulerías jaleado por los quintos, entre cajas de madera llenas de pescado. Los reclutas, hambrientos y apretujados, llegaron cubiertos de escamas con un olor a podrido. La voz de Picuelo era por entonces clara y potente; aún no la habían rasgado el tiempo y el aguardiente. Empezó a cantar de niño, derramándose por soleares noche tras noche, entre adultos que le quitaban el hambre con pan y vino dulce. Más mayorcito, lo alquilaban por una cena fría, para que cantase mientras los señoritos besaban a sus queridas.

A menudo evocaba Picuelo la tarde en que conoció a su mujer, entonces tierna y cálida. Josefa Vargas deliró de amor por él desde que lo escuchó cantar en una tasca de mala muerte. Se propuso desde aquel momento hacer suya esa voz de ángel; y así fue. Se casaron como Dios manda y trajeron al mundo niños numerosos. Pero por esas cosas que pasan, ahora ya no se hablaban y él daba bandazos borracho, olvidado del matrimonio. Se había convertido en un bulto anciano y palpitante que contemplaba el mundo incomprensible, con pequeños ojillos miopes. Hablaba y respiraba a borbotones, como si le quedara poco tiempo, mostrando los dientecillos en una extraña mueca nerviosa; casi siempre estaba sudando, aunque no hiciera calor.

Durante un tiempo llegó a figurar en carteles junto a artistas hoy idolatrados. Ganó concursos y grabó algún disco, pero se consumía en delirios de alcohol y frenesíes hasta verse más y más olvidado.

La noche los había alcanzado en ese lugar callado y solitario, frente al inmenso portón de tono aristocrático. Aguardaban algún indicio de que no se habían equivocado, protegidos del aire helado por sus camisas de cuadros. La blanca mansión yacía en silencio, ocultando un secreto en su interior, un secreto de oro y matas de romero. La respiración de ambos retumbaba entre las casas fantasmales. El barrio era un cubito de hielo en la noche limpia.

Andrés miraba en silencio a su padre. Serio escudero suyo, aparentaba más edad de la que tenía. Curtido, gitanillo rubio, tenía una mirada triste y franca. Amaba a su padre, a quien protegía de los amigos hipócritas, de la angustia, de los malos ambientes y de los señoritos irreverentes.

- No le pegues mucho a la botella, padre -le rogaba una vez más.

Pero el cosquilleo del pánico volvía a atosigar a Picuelo. Cada vez que subía a los tablaos creía que el suelo oscilaba, como flotando en aceite. Evitaba los ojos de los cabales y durante un rato permanecía paralizado en su silla. Durante tres días antes del concierto devoraba caramelos de menta como amuleto que, según él, pulía las cuerdas vocales. Pero tarde o temprano había de recurrir al vino.

- Andresito, nada merece la pena.

Andrés sentía un nudo en la garganta y temblaba de frío. Contenía el llanto y escuchaba el viento que gemía a su alrededor. De pronto, la puerta se abrió y un relámpago de luz y bullicio invadió la calle. Se sumergieron en él tras sortear el interrogatorio de un portero con cara de búho triste. Alcanzaron rápidamente la barra de azulejos y yeso, húmeda de vino y aceite. Picuelo dio cuenta de dos anises que le abrieron el espíritu y acariciaron la garganta. Tuvieron que esperar para adaptarse al ajetreo de flamencos y flamencas. El humo y el alcohol enturbiaban una atmósfera cargada de conversaciones y abrazos vehementes.

La peña por dentro era un cúmulo de fotografías y viejas postales, de símbolos y yunques. Se sucedían los carteles taurinos, los santos, los cantaores, el barro y el cobre.

Un hombre flaco, de porte orgulloso, se acercó a Picuelo y le abrazó efusivamente.

- ¿Dónde te habías metido, José? -preguntó al cantaor-, nunca se sabe si vendrás...
- Si digo que voy a venir, es que voy a venir -respondió Picuelo.
- ¿Cómo estás? ¿Cómo te encuentras?
- "Mu cansao", la verdad, "mu cansao"... Nos hemos "tirao" mi hijo y yo "tol" día andando y ahora estoy como "cansao"...
- ¡Vamos, hombre! ¿No estarás preocupado?
- No sé... Hace "mucha" calor y hay mucha gente.
- Pero tú tranquilo, hombre, si eres lo mejor que tenemos... ¡Si te partes el alma cada vez que cantas!... ¡Mira! ¡Tú eres más grande que todos ellos! -Y el hombre señalaba a un grupillo de cabales.

Andrés observaba desconfiado al hombre que hablaba con su padre. A su edad ya sabía cuánta mala yerba crece en los caminos. El hombre vestía un traje gris y una corbata colorada con pescaditos plateados. Ofrecía vino a Picuelo, que lo bebía como si fuera agua. De repente, Picuelo dio un traspié y señaló a un señor que contaba chistes y gesticulaba llamativamente.

- ¿Por qué ha venido ese? ¡Es un fascista!... Que en su cara se lo dije hace un par de meses, que yo con él no quiero ni grabar ni "na"... Ni su dinero ni que me escuche cantar...
- Pero hombre, José, ¿qué más da? No es para tanto... No era malo el trato que te propuso, lo que pasa es que tú eres muy testarudo... Igual ahora andarías nadando en billetes. ¡Graba el disco! Sea como sea; más tarde ya veremos, que tú si quieres llegas lejos todavía… lejos.

Pero José, Picuelo, regalaba los trofeos y solo cantaba lo justo para dar de comer a sus niños. Cantaba sincero, como si no hubiera nadie cerca, escuchando su eco resonar entre montañas que se figuraba. Cerraba los ojos y contemplaba vírgenes, playas sensuales, gordos patriarcas de dientes de oro, minas, fraguas destartaladas, selvas tropicales, fuego.

Entre el tumulto sonó una campanilla que calló a los cabales. Un hombrecillo colorado, bajito y socarrón, subió al tablao y pronunció un discurso repleto de chistes. Terminó resaltando el buen colofón que Picuelo había de poner a la velada. Se fue y subió una mujer joven, con clase, con el compás en el cuerpo. Y una petenera abrió la noche. El vino fino y los taquitos de jamón circulaban de mesa en mesa, en medio de un viejo silencio.

Picuelo bebía sin parar, ensimismado y distante. Andrés sabía que en ese momento la mente de su padre era una nebulosa de deseos vehementes, desencantos, imágenes vertiginosas. Los objetos se desfiguraban y giraban retorciéndose. Las luces bailaban con las sombras y todo era un remolino. De la boca de Picuelo salió un torbellino de palabras que se agolpaban a empujones. Miraba a su hijo con ojillos miopes y nerviosos.

- Cuando yo era como tú, tenía que estar a veces tres días sin dormir. Me hacían tragar litros de vino, los cabrones, "pa" reírse de mí. Entonces no había carreteras y en el campo las bestias se morían de sed... Los señoritos mandaban en el pueblo; si les cogías fruta de los árboles, te colgaban de los brazos en mitad de la plaza y la gente te tiraba fruta "podría" por miedo a ellos. -Hizo una leve pausa y continuó, exaltado- En esa época tu abuela, la "probesita", cantaba en los patios unas bulerías como azúcar de caña... La tengo aquí -y se tocaba el pecho- con sus ojos grandes y verdes como algas. Era guapa, buena como las fresas y metía a "tol" mundo en compás...

En el tablao, la mujer cantaba extática el final desgarrado de una seguiriya: "Que yo ya sólo quiero que se abra la tierra y me lleve "pa" dentro". Los cabales contenían la respiración, atentos. Cuando la guitarra dio las últimas "campanadas", vino una tormenta de oles histéricos y alguien llegó a morder, exaltado, el borde de una mesa de madera. Todos se levantaron a ovacionar enloquecidos. La cortina ruidosa hacía íntima la charla de Picuelo con su hijo.

- Canta bien, "mu" bien, con "mu" buena técnica, pero no siente lo que está cantando. "Pa" cantar esa seguiriya la pena tiene que roerte por dentro, sufrir es lo que se necesita "pa" cantar eso. Las ganas de morir te tienen que quitar el hambre...

Andrés escuchaba serio a su padre. Entre el bullicio, el hombre de la corbata de pescaditos hizo señas a Picuelo. Era hora de ensayar. Ambos, padre e hijo, salieron a un patio frío como la geometría de sus setos. Picuelo y el

144

hombre del traje gris pasaron a un cuartito donde un flamenco viejo de blancas patillas largas y espesas tocaba una guitarra de olor penetrante. Su boca exhalaba un vaho perfumado por el vino, que se encontró con los pensamientos de Picuelo. El aire estaba espeso y gris de tabaco.

Andrés esperaba fuera, en el patio. El joven levantó los ojos como si rezara. Se oía un fondo de cante y palmas. En medio de ese murmullo festivo, en la soledad del patio y los almendros, Andrés pensaba en su padre. Picuelo quería a sus hijos con un amor descuidado y bohemio. Andrés lo amaba con desconsuelo. Soportaba tiernamente los lamentos de su padre, una y otra vez, en el delirio de la noche avanzada. A veces Picuelo decía que se iba a suicidar y hacía cosas extrañas. Una vez escapó del tablao y se subió a la copa de un árbol. La gente lo llamaba para que bajara, pero él cantaba flojito, en lo alto, con los ojos cerrados. Andrés lloraba al pie del árbol. Cada noche era una lucha contra su padre, no fuera a armar un estropicio.

De pronto, un quejido ascendente estremeció las hojas de los árboles. Picuelo ensayaba con quejidos penetrantes y lejanos, salidos de lo hondo de su pecho. El estremecimiento resonó en lo alto de la noche. Andrés miró el castillo. La luna ocultaba las estrellas en un baño lechoso.

Pasó un rato, en el que Andrés se adormiló en su pelliza. El cante cesó y ahora salía del cuartito un murmullo de discusión. La voz enérgica de Picuelo se imponía. El murmullo se convirtió en gritos. Andrés despertó sobresaltado. Como un soplo, corrió hacia la puerta de la salita, donde tropezó con el tocaor, que salía con enfado. Dentro, Picuelo sacudía la cabeza y gesticulaba nerviosamente.

- ¡Que no! ¡Que no canto! -Gritaba Picuelo.

- ¡Pero si no te pasa nada en la voz! ¡Estás en plena forma! - Respondía abrumado el flamenco del traje gris.

- Tengo el registro "acortao", ¡no estoy "pa" cantar!

- Pero mira, hombre, si se trata solo de pasar un rato a gusto con los amigos. Si no puedes bordar la cosa, bueno será lo que salga... que tú siempre te ganas al público.

- Ya, ya, ya, pero sin guitarra no canto.

- ¿Qué más te da que toque Antonio? ¿Para qué vas a quedar mal con él?

- Que toque Rafa, si no, no canto...

En ese momento apareció en la puerta Rafael. Alto y enjuto, su porte era señorial. Flamenco sentencioso, tenía una barba fina y una melena de bucles azulados que caían sobre la espalda. Dijo que él tocaría y se sentó en silencio. Abrazaba su guitarra del color de la carne ensangrentada. Cantaor y guitarrista apenas hablaron. Se conjugaban con instinto, sin palabras. Picuelo había escogido un breve repertorio de palos rancios, eliminando las florituras, los cantes ajardinados, los de lucimiento. Hubo quien desaconsejó tanta seriedad en el repertorio. Pero Picuelo se empeñó en hacer lo que le pedía el alma. Las manos esbeltas y morenas del tocaor tocaban al unísono con las estrofas que repetía Picuelo, compuestas por él a lo largo de su caótica vida. Mientras, los cabales mostraban sus pulseras orgullosos, el destello de los oros y corales se fundía con el parpadeo de las copas. Sonrisas y risas exageradas, brindis, colores vivos, jaleo; los cabales se acompasaban ajenos al mundo gris de la calle. Se dejaban llevar, excitados por alegrías y pesares inefables. Todas las almas se hallaban inmersas en un mar de contrastes, de estremecimientos a veces violentos. Pena y alegría eran las dos caras de una misma noche.

Aturdido, sudando, Picuelo esquivó como pudo a la gente y subió al tablao. Se sentó, en la sillita rústica, se secó el sudor y bebió de un solo trago un vasito de vino fino. Removiéndose nerviosamente, se le veía sentado como un hombrecito campechano con cara de pequinés. El corazón le latía otra vez con violencia y temía el martirio de desnudar su alma. Para cantar debía encarar su vida, su desastre. Oía el murmullo del público y todo seguía deformándose. Fue zarandeado por oscuros remolinos y miró sin rodeos en su interior, amando sus penas. Traspuesto, indicó al tocaor que comenzara. Este, sombrío y mudo, hizo sonar los primeros acordes. Estas primeras "campanadas" de la guitarra tuvieron en Picuelo el efecto de una convulsión. El cantaor clavó su primer quejido. Ebrio, lloroso, en un "ay" concentró su energía desbocada, en un lamento profundo y negro como las minas. Se impuso su lamento en la sala, pequeña para contenerlo. Pronto, su quejido fue llanto, llanto de niño pobre. Cerró los ojos... Una franja de hermosos pinos destacaba en la marisma... Un niño observaba las hormigas en el corral... su madre, con un delantal blanco, tendía la ropa... "Madrecita, madrecita"... vio a la mujer menuda como un pajarito... "de mi alma"... la guitarra lloraba... "no llores más"...¡AAAAYY!... el grito de Picuelo rompió la noche... "Mal fin tenga mi suerte"... de la pena al lamento enloquecido... "Dooloooores, doloores, doloores, dolor, dolor son mis días"... Picuelo temblaba... "y en un laíto del corazón te tengo yo"... lloraba en el regazo de su madre... le seguían los rostros de la noche amarga, la noche que se avecinaba... "que yo ya solo quiero que se abra la tierra y me lleve pa dentro", y Picuelo se hundía sin remedio, se hundía.

El fetiche

La paz de aquella tarde de mayo no fue más que el engañoso preámbulo del horror que hoy me desborda. Eulogio, a quien llamamos Pimo, vino a hacerme una visita. Era una buena persona. ¿Quién podía predecir lo que la tibia tarde no dejaba adivinar... lo que en este modesto rincón del mundo nadie podía imaginar que fuera a ocurrir? Del hacedor del fetiche solo queda la sombra, la angustia cuando se contemplaba el rostro reflejado en pequeños cristales de cuarzo pendiendo en racimos como si fueran estalactitas. Un largo clamor que ninguno de los habitantes de la superficie ha querido escuchar jamás. Nadie osa asomarse a la funesta esencia de las cosas, ni siquiera presentirla. Pero yo la he visto.

Pimo había acudido a mi llamada, en realidad. Nos reunimos en mi casa, tras la hora del almuerzo, donde mi obsequio esperaba dentro de una sencilla caja de zapatos. No le mencioné el asunto hasta finalizar nuestras tazas de café. Solíamos compartir sobremesas, pues éramos más que colegas y nos unía el recuerdo de una infancia vivida en común. A menudo nos reuníamos a debatir, enredados en el hilo de amenas conversaciones, en torno a lo que denominábamos callejones sin salida de la historia. Esa misma ocasión, al tiempo que Pimo, recortado hombrecillo de pulcro bigotito negro y calva de tendero napolitano, encendía su cigarro puro, nos sentíamos felices. Todavía no le había revelado mi descubrimiento, pero le prometí que nunca olvidaría aquel momento. Él frunció el ceño, llegándole las arrugas hasta la calva en la cima de la cabeza y con uno de sus vivos deditos se alzó las lentes redondas.

Había mostrado a menudo admiración por mi casa, que consideraba una especie de mansión donde vivo solo. Allí podíamos departir rodeados de cinco o seis mil libros, de los cuales dos tercios tratan de historia. De hecho, soy profesor de historia en el instituto. Mi querido amigo, además, escribía artículos sobre historia local y novelas históricas que nadie lee, pero excelentemente documentadas. Regentaba una papelería con un par de empleados, en la que nunca hacía acto de presencia, porque deseaba disponer de todo el tiempo posible para leer y escribir sobre la historia *humana*. A menudo hemos departido sobre los límites de la historiografía, que parece nunca alcanzar la *esencia*. Meses antes, embriagados por el *patxarán* con que coronamos una interesante velada, llegamos a poner en duda que la historia fuese solamente humana.

- ¿No has pensado –inquirió Pimo-, que en su fundamento, la historia desborda de un modo oscuro al propio hombre? No me refiero al papel de una divinidad, como el Dios cristiano, sino a otra cosa, un algo básico, esencial, indefinible.
- ¿El espíritu que subyuga a la materia? ¿Insinúas esto?
- No lo tengo del todo claro. Quizás sea al contrario. Es la propia materia. Es como si en el fondo de ella… no hubiera fondo. Algo que como una lenta agonía se estuviera desarrollando con la historia, una sustancia indefinible, brutal.

Lo dejé estar. Habíamos bebido demasiado. Nunca aventuramos hasta dónde nos iríamos a asomar a lo largo de tantas plácidas pero intensas conversaciones. El engañoso mayo con su falsa calma nos envolvía. Yo, para ser sincero, ya había perdido mi buen ánimo en esa aciaga última tarde que nos vimos. Lo disimulaba con él delante, pero lo cierto es que durante semanas no había hecho más que reprimir mi espanto.

El día que podemos establecer como inicio del drama que estoy relatando en realidad había ocurrido semanas antes de esta sobremesa. Fue la triste jornada en la que adquirí el fetiche. Este había llegado a mis manos en la tienda de un comerciante que hablaba con su hijo en lo que parecía una versión de la lengua farsi. Al principio creí que se trataba de un indio, porque es habitual que en Gibraltar sean indios los que regentan este tipo de bazares. Me había conducido a su comercio una necesidad tan casual como la de adquirir un reloj de pulsera lo más barato posible que sustituyera al que acababa de morir en mi muñeca.

El interior estaba en penumbra. El hombre, que lucía una preciosa corbata de seda, me había invitado a pasar con amables gestos. Con alivio, comprobé que el lugar era fresco. Tal vez demasiado. Había una sensación de soledad envolviéndolo todo. En la tiendecita se encontraba también el niño, de unos catorce años. Aunque manifesté mi muy concreta intención, la de adquirir un reloj de los más baratos, me puse a curiosear, hasta detenerme frente a una pequeña repisa con cuatro anaqueles, en un rincón discreto, toda ella forrada de lo que parecía terciopelo negro. Sentí que emanaba del mueble una ligera corriente de aire fresco, como si estuviera funcionando un invisible ventilador. El vendedor no me quitó ojo de encima. Yo no podía dejar de contemplar los peculiares cacharros que estaban sobre los anaqueles negros. Eran todos, o así parecía, aparatos electrónicos un tanto extravagantes. Se me antojó que se trataba de utensilios para medir algo, pues tenían pantallitas en las que se sucedían cifras y una suerte de ruedas que giraban. Alguno mostraba algo parecido a muelles que hicieran de antenas. Todos estaban funcionando, en marcha, ejecutando su misteriosa tarea.

- Aquí los detectores se vuelven locos –exclamó el tendero.
- ¿Detectores? ¿Qué detectan?
- Miden, captan, previenen. Aunque medir es un término inexacto para definir su tarea. Diría mejor que sirven para captar y canalizar ciertos flujos.

Estaba sorprendido. No acababa de fiarme de aquellos aparatitos, así que quise cambiar de tema.

- Usted debe de ser iraní.
- Así es, ¿cómo lo ha adivinado?
- He viajado y sé un poco sobre lenguas del mundo. Su farsi tiene un bello acento.
- Sabe usted bastante de mi país, por lo que veo.

- Adoro la geografía y, sobre todo, soy un enamorado de la historia. Estuve en su tierra hace unos años. Me pareció muy variada, mucho más de lo que sospechamos en España. Un país lleno de sabios, por cierto.

- No se crea. Los que cultivamos los saberes herméticos somos atosigados.

- ¿Y cómo vino a parar a Gibraltar? —le pregunté, aunque quedó resonando en mi interior la expresión "saberes herméticos".

- Porque sueño con el Peñón desde niño, desde antes de haberlo visto. Lo conozco desde que retozaba en el vientre de mi madre. Usted no imagina lo que alberga.

Le contemplé los ojos, sin saber a qué atenerme. Pero proseguí.

- Entonces, usted ha estado *dentro* del Peñón.

- En realidad, cayendo por sus simas infinitas.

- ¿Se refiere a los túneles? Dicen que lo entrecruza una red de cincuenta kilómetros.

- Eso es el principio. Verá, los españoles y los ingleses que se disputan esta tierra, no saben nada. Esto, la tierra que pisamos, se encuentra mucho más allá de estas menudencias. Si le dijera, todo el bullicio de la comarca, sus chimeneas industriales, su agua sembrada de bloques de hormigón, su apretado aeropuerto, los pinos que arraigan en la piedra caliza del Peñón, los monos, son detalles sin importancia. A los monos, por cierto, les exalta lo que hay debajo, perciben las lánguidas agonías que esconde el Peñón. Es la rabia furiosa contra los hombres la que llena de espuma sus boquitas. Este lugar nos sorbe la vida, porque guarda en sus húmedas entrañas un secreto horrible.

- Pero entonces ¿hay algo más allá de las cuevas y de los túneles cavados por el hombre?

- No se imagina –exclamó con una temerosa rigidez en su rostro cuadrangular, pues la cara parecía pintada con líneas y ángulos rectos, como un cuadrado conteniendo cuadrados.

Yo empecé a intrigarme. Había topado con un personaje excéntrico. Pero me resultaba muy plástico y sugerente lo que describía, así que continué la conversación olvidándome de mi intención de adquirir un reloj.

- Soy historiador y sé que la historiografía se cosecha a través de datos objetivos. Lo que usted insinúa no puede medirse ni comprobarse. Son presentimientos, vaguedades.

- Se equivoca. En este estante que le ha llamado tanto la atención, cada uno de los aparatitos, captan la corriente.

Pruebe con este péndulo. Lo que acecha en la cárcel de roca es medible.

El persa agarró del anaquel superior una bolita de un gris pulidísimo, que pendía de una cadenita.

- Los zahoríes, que abundan en los desiertos de mi país, ignoran por qué gira el péndulo al toparse con la cercana presencia de agua. Tómelo y verá usted cómo gira.

Nunca había visto dar vueltas un péndulo de esa manera. No se trataba de que yo realizara de manera inconsciente imperceptibles movimientos para dirigirlo, o de que en mi voluntad de un modo u otro estuviera presente que tenía que girar. Fue al contrario. Era como si el péndulo tirase de mí. La vibración me retumbaba en la punta de los dedos y en la mano. Tras unos segundos, el tendero me colocó debajo del artefacto una caja de zapatos y el péndulo tornó a girar con mayor velocidad. El hombre sonreía mientras el niño, azul como un cadáver, desaparecía por una puerta interior.

- Ahora le mostraré el fetiche –exclamó en medio de mi asombro.

Me hizo soltar el péndulo sobre uno de los negros anaqueles de la repisa que exhalaba la leve corriente de aire helado y abrió ante mis ojos desgraciados la caja de cartón. Dentro estaba esa cosa.

Era una estatuilla de un color indefinido, quizás verdoso, pardo o azul. Representaba un cuerpo de varón robusto y musculoso, de miembros muy fuertes, que pertenecía a algo que pareciendo humano, no lo era. Un ser híbrido entre el hombre y el mono. Lo más grotesco era el rostro, *casi* humano, que expresaba a todas luces insania y espanto en la mueca de la boca y los ojos desorbitados (¡parecían girar con nerviosismo en todas direcciones y mirar a todas partes en un horripilante estrabismo!).Los ojos, ansiosamente abiertos como yo también tenía los míos. No puedo explicar cómo, pero me acudieron a la imaginación paisajes de tenebrosa melancolía, simas de miedo, pantanos de hastío, insufribles soledades. Aquel figurín semihumano cuyo rostro brillaba con una pálida luminiscencia me escrutaba desde un tiempo remotísimo. Lo supe. No adivinaba de qué metal estaba hecho ni si las manos que lo habían forjado pertenecían a un hombre. En sus ojos se abrían vacíos, extensiones inconcebiblemente lejanas de tiempo, de materia, de prehistoria. ¿A qué mundo pertenecían?

- Ellos tenían el poder de asomarse en el caos primigenio. Eran médiums poderosos cuyos trances enloquecían a los hombres. Las matanzas se prolongaron durante milenios hasta que el último, el postrer escrutador de las oscuridades esenciales, hubo de morir en un abismo de soledad – exclamó, casi salmodiando, el persa-. Él lo creó, dentro, oculto en las profundidades por donde yo caí y en donde él, o más bien su sombra, me lo regaló. Este gélido fetiche esconde la verdad, la última verdad del último de los penetrantes chamanes de un tiempo de ansiedad y angustia, los anunciadores de su propio final –estaba helado cuando me atreví a rozar su espantoso rostro con la punta de mi dedo tembloroso-.

Yo ya he podido adentrarme en él –continuó el persa-. He visto con mis propios ojos aquel tiempo. Esto que le muestro es la huella, una huella *viva*.

Yo me sentía de veras asombrado. El engendro metálico parecía susurrar y acaso volvió los ojos extraviados cuando era depositado de nuevo en la caja de zapatos, a la que rápidamente el hombre colocó la tapa.

- Tome. Yo ya he sido demasiado audaz. Hoy mismo había decidido desprenderme de esta carga terrible. La visión está inextricablemente ligada con el mal y tengo miedo. Pero veo que usted posee una curiosidad ardiente y desea *saber*. Quédeselo, como ámbar de una época pasada, para que este universo se le muestre en su obscena naturaleza. Vaya con él. Vaya al centro del centro del centro de todos los centros, a la enmarañada materia que subyace a la materia. Vaya. La materia, la horrible materia.

A primera vista era desconcertante. Tanto la inidentificable aleación metálica de que estaba hecho (¡metalurgia pre humana!, pensé con vértigo), como los rasgos, las perturbadoras muecas y la sucesión de expresiones que parecían sucederse con lentitud como algo físico, inscrito en el fetiche, y no mera ilusión óptica. No había duda de ello. Las sensaciones que emanaba no tenían explicación. De un sencillo molar puede el historiador, junto con el paleo antropólogo y el arqueólogo, describir a un sujeto entero, su alimentación, su salud, el modo en que murió, si era nómada o sedentario, si perteneció al Paleolítico o al Neolítico. Y de ese dato objetivo, el de una muela tangible, se puede también determinar la vida de un poblado, acaso un grupo tribal, sus miserias y hambrunas, sus placeres, sus anhelos e incluso su religión y su arte. Aunque parezca un proceso de pura imaginación, es ciencia. Pero el objeto que guardé en la caja, a la que dispuse bajo el suelo falso de mi utilitario para cruzar la aduana sin problemas, era distinto. Aun siendo tangible, era más que una mera cosa, como si albergara o irradiara algo vago, indefinido, pero potente.

Llegué a mi hogar. La "mansión", en palabras de Pimo. Como científico e historiador conozco bien el alcance del objeto adquirido (o mejor dicho, regalado). Intenté mostrarme reflexivo. Si eran ciertas las palabras del persa, procedía de alguna gruta en el interior del Peñón, o quizás fue hallado por él en su enloquecido deambular por alguna de esas cuevas que conectan bajo el mar África con Europa.

Me serví una cola. Permanecí aturdido. Casi desplomado en la butaca que preside mi salón, donde Pimo y yo solíamos tomar café. Comparé el fetiche con mis piezas de arte precolombino, con idolillos romanos, con una mano de Fátima labrada en la Edad Media de Al Ándalus. En el Peñón se alza un castillo árabe y pesados cañones, los monumentos a egregios héroes de uno y otro bando, la huella de vastos imperios, el sombrío cementerio de Trafalgar. Pensé en el rincón del mundo que, lejos de todo, componen estas tierras. Y ha sido precisamente aquí. El Peñón había estado poblado por humanoides en la Edad de Piedra, incluso se había hallado un cráneo sin barbilla, de contundente rostro y con un marcado y sobresaliente arco superciliar. Cuando se habían extinguido en casi toda Europa, donde eran endémicos y donde habían resistido brutales glaciaciones, se dice que terminaron unos pocos en lo que mucho después sería Gibraltar. En el Peñón. Aquí, calculé mientras recordaba datos rescatados de mis conocimientos de prehistoria, se extinguieron, en este preciso lugar, en la disputada roca de fenicios, egipcios, cartagineses, tartesios, romanos, árabes, españoles e ingleses. Tal vez aquí fue donde el último de una dinastía de europeos más vieja que el *homo sapiens*, pudo contemplar la desolación y la crueldad de su extinción. Porque el horror anidaba en la cara de ese fetiche, retrato de una criatura exaltada, acaso un solitario chamán que oraba en una lengua inconcebible ya perdida para siempre. ¿Qué vio ese *casi hombre* cuando la muerte más absoluta, la de él y su especie, le cercaba en las entrañas del Peñón? Sus paisajes albergaron, en el final de su era, el terror de saberse el único y último heredero del culto que con él se extinguía, de la verdad que los que eran como él habían atesorado durante doscientos mil años, hasta que llegaron los hombres bestiales, los *homo sapiens*.

Tenía el fetiche sobre la mesita con el servicio de café. No había reparado en que había puesto en una de las tacitas un cuchillito que utilizo de abrecartas, con la punta hacia arriba. Cuando fui a escrutar una vez más el rostro monstruoso, al intentar coger el idolillo, me pinché. A pesar del dolor, lo tomé, para contemplarlo más de cerca. Y sin darme cuenta una imperceptible gota de sangre tocó su materia inefable.

Fue más que un inmenso flash lo que me cegó y me obligó a que me arrodillara conmocionado. Dejé de estar en el lugar donde estaba, es decir, aunque no me moví del salón, fui, de un modo inexplicable, transportado a otros lugares. Caí en la oscura panza que digiere todas las cosas. La húmeda víscera del mundo. Un vértigo y el vómito se abrieron paso en mi cuerpo sobresaltado. Temblaba como en un ataque de epilepsia y me retorcí en el triste suelo como un gusano de casi dos metros. Mis manos, mis músculos, mis huesos, se convirtieron en pulpa. Gemí bajo el imperio de nuestra alma material. No vi espíritu. No existía el espíritu.

Entonces sonaron los cantos. Un lenguaje oscuro, gutural, atravesado por chasquidos de enormes y pastosas lenguas, por el chirriar de poderosos dientes, por la opresión de ansiosas inspiraciones, por el vibrar de las potentes cuerdas vocales de gargantas sobrehumanas. No eran sonidos humanos pero hablaban. La raza que lo había visto y guardado todo en su memoria, el furor de la materia hasta la sangrienta extinción, había manifestado un impresionante refinamiento psíquico, frente a los tecnológicos *homo sapiens*. Hablaban. Sentí elevarse la música de gaitas infernales y el zumbido de ancestrales flautas de hueso. Vi un círculo de fuego, vi los enterramientos bajo rudas piedras y el viaje que los muertos emprendían al centro inefable de todo, donde agostarse, donde hundirse. ¡No hay más cielo que el infierno de la materia! ¡Vi lo que en trances la tribu babeante era capaz de contemplar! Vi el centro de todos los centros como un obsceno anti dios delirante y… no era nada. Buceé en el nefando caos originario, en la pasta putrefacta que estuvo al principio y estará en el final de los tiempos, arrojando excrecencias para siempre, en un juego maldito, toda la eternidad. No sé cómo. Pero lo vi todo. Caí mil veces espantado por el apetito infanticida del incontenible Saturno devorándolo todo. Vi lo que ellos veían. Comprendí lo que ellos comprendieron, con las sienes palpitantes y el sudor surcando mi frente. Pero sentí entonces que no podía contemplar esta atrocidad ni una sola vez más, que mi cerebro estallaría si decidiera asomarme de nuevo a ese páramo donde todo se revuelca a través de la profusión de todas las formas.

Ante el espejo del cuarzo arrancado a la gruta, a sus estalactitas y muros que rezuman, chapoteando el agua más limpia, igual a sí misma, a la luz parpadeante de la antorcha de junco, el humanoide contempla la extensión de él mismo y de su especie extinguida. Aprieta el fetiche con la gigantesca mano y se desangra, cubriendo el caldo de sus venas su propia mano y al fetiche. Hace círculos con la cabeza. Baila con estupor en el mayor de los secretos, en la nada que existe bajo la coraza del Peñón. Y gruñe con el gorgoteo de su propia sangre en la garganta.

Cuando tras un tiempo incierto pude sentarme de nuevo, me fui sobreponiendo. Atisbé al horripilante homínido que representaba el fetiche y decidí que debía deshacerme de él. Pero una idea execrable me surcó la imaginación, una ocurrencia delirante, un funesto sarcasmo. Imaginé al pobre Pimo, tan pulcro y comedido, en medio de tales visiones. Su mente pueril bullía con una infatigable curiosidad. Por eso mismo, supuse que berrearía fuera de sí por causa del desmembramiento del mundo y de sí mismo, cuando cediera su cerebro calculador al caos. Esa nada lo es todo, pero a cambio de ella, su persona habría de claudicar. Caería en la trampa, me dije divertido.

La tarde que he comenzado a referir al principio de estas líneas, tras tomar café y fumar cigarros puros, en mi luminoso salón y envueltos en la templada atmósfera de mayo, le coloqué la caja de zapatos sobre las piernas regordetas. Pimo meneó su fino bigote como si olfateara para inmediatamente alzar hacia mí su rostro blanquecino, con sorpresa y aprensión.

- ¿Qué hay dentro? –me preguntó. Está muy frío.
- Ábrela. Quita la tapa de la caja y ya verás. Se trata de un descubrimiento llamado a revolucionar nuestro concepto de la prehistoria. Se trata de una pieza única, incomparable. Su precio es incalculable.

Con la presteza y el aire de un niño abriendo un regalo, abrió la caja.

- Dios mío –murmuró cuando sostenía el fetiche ante su rostro-. ¿Qué es? Los ojos parecen moverse en todas direcciones. Es extraordinario.

- Es arte neandertal. El único trabajo artístico que se haya jamás descubierto de fabricación neandertal. Como sabes, esa especie hermana no nos legó más que algunos restos muy puntuales de enterramientos. Nunca se han descubierto pinturas rupestres ni tallas en hueso o sílex, ni arte de ningún tipo, salvo rudos enterramientos. Y ni mucho menos se pensaba que desarrollaran industria del metal.

-¿Los neandertales podían hablar? ¿Por qué se extinguieron? –se preguntó en voz alta el hombrecillo deslumbrado por el misterio-. No hay pruebas de…

- Sin lugar a dudas hablaban, tenían un lenguaje y desarrollaron arte. Pero con ellos murió todo su conocimiento. Aunque no todo. Mejor dicho, dejaron el mensaje Aunque, que tienes entre tus manos.

- ¿Qué estás diciendo? ¿Has perdido la razón?

- Que ya podemos saber mucho de ellos, de su *ciencia*.

- Pero por mucho que contuvieran un volumen cerebral mayor que el nuestro, no existen pruebas de que constituyeran una civilización o ni siquiera una cultura elaborada. No me lo puedo creer. Tengo en mis manos una pieza confeccionada por un *homo neanderthalensis*. Es totalmente asombroso. La verdad es que no guarda relación con nada conocido. Es… burdo y refinado al mismo tiempo. Dios mío, mírale el rostro. Y está muy frío.

- Pronto te quemará —señalé con misterio-. Por favor, extiende tu mano derecha. El dorso hacia arriba.

Pimo me acercó ingenuo la manita con un rictus de extrañeza. Era incapaz de sospechar ni un atisbo de maldad.

- Siempre he querido conocer lo que sucedió con ellos, daría cualquier cosa para saberlo. El misterio de su extinción — susurró.

- Quizás haya que darlo todo, en efecto. Incluso la razón.

En medio de sus protestas, le practiqué una pequeña incisión en el dorso de la mano inocente con el cortaplumas que me había herido días antes. Presto, le coloqué su mano encima del fetiche para que cayera una gota sobre él. Entonces, al entrar en contacto con el fluido vital de mi pobre amigo, este comenzó a estremecerse con vigor y a convulsionar. Se le volvieron los ojos y lo vi debatirse entre espasmos. Daba triste impresión verlo perder las formas de tal manera, pues solía mostrar siempre modales impecables.

Sabía que este hombrecillo había desarrollado sus cálculos en torno a una bala de cañón rescatada en el fuerte de Santa Bárbara, consultando a expertos a quienes enviaba las fotos. Se movía en una red de eruditos para datar los hallazgos. En realidad, el suelo de La Línea esconde pocos restos, debido a la juventud de la ciudad, que antes de hace unos ciento treinta y pico años, apenas consistía en un arenal moteado de pequeñas huertas, entre Gibraltar y la Península. Pero él tenía documentados y recopilados los datos de todos esos pocos años de historia local, en un álbum donde comentaba las primeras fotos de la zona y algunos dibujos y grabados anteriores de los siglos XIX y XVIII.

Siempre admiré su sencilla felicidad, con sus estudios e investigaciones como historiador amateur. Era capaz de pasar días enteros revisando los archivos locales. Y todo hallazgo que adquiría, descubría o compraba, lo donaba con magnanimidad al municipio. Su proceder siempre fue recto, pero su ingenuidad pueril me había llegado a irritar. Sus horas de conversación con el párroco de su barriada, que a veces me resumía, sobre la naturaleza del materialismo y lo que él llamaba el sustrato oscuro de la materia, debían haberme hecho predecir lo capaz que iba a ser de darlo todo por una respuesta. Cuando lo tuve ante mis ojos gimoteando y arrastrándose como un gusano sobre el suelo de mi salón, no me había llegado a sentir, aún, culpable. No podía imaginar lo que se avecinaba.

- Santo Caos, por el Afán inútil, por todos los infiernos, por el grosero anti dios imbécil que babea en el centro de todo… –balbuceó chapoteando en sus vómitos y los propios orines, a duras penas sentado sobre el suelo, sin fuerzas para incorporarse.
- Yo también lo he visto, Pimo.
- Pero –me susurró -, hay más, esto apenas es el principio.
- Lo sé. Hay una sabiduría arcana, la de ellos, que lo comprendieron todo. Con esta llave podemos llegar más lejos que los más grandes hombres de la humanidad y obtener el verdadero conocimiento.
- Y esa horrenda extinción, el exterminio de todos ellos por los hombres. Lo he escuchado aullar. Al último. En una sombría gruta del Peñón.
- Nos los comimos, amado amigo, fueron nuestra cena. Ahora ven, dame la mano y levanta. Por Dios, hay que limpiar todo esto.

Fregué y recogí el salón mientras mi amigo permanecía ensimismado, en calzoncillos, recuperándose. Tomó más café.

- ¿Y resistirías otra sesión? —le inquirí-. Yo no puedo. Es demasiado para mí; pero quizás tú…
- ¿Crees que puede ser peligroso?
- A mí no me asusta el peligro —le mentí-. No creo que suceda nada grave ni mortal, más allá de la conmoción. Pero prefiero vivir como he vivido hasta ahora y no adentrarme en nuevas pesadumbres. Tú, sin embargo, eres un hombre estudioso y sereno; podrías intentarlo. Ha de existir un nuevo Colón para descubrir esas tierras.
- Pero ha de ser una tarea tan solitaria —reflexionó-. Nadie podría comprender nada. Es incomunicable. El mundo palpita de otro modo que con las palabras e ideas. Es como chapotear en un lodazal, en una charca infesta.
- Curioso alfa y omega el de esa especie.
- Quiero estar con ellos. ¡Verlos! A aquellos que la humanidad ya no recuerda, a los que exterminaron los hombres, nuestra especie altiva y práctica.

En realidad, yo sí creía que este asunto era muy peligroso y comencé a temer la exaltación del pobre Pimo. Pero me guardé de admitirlo. Como he dicho, albergaba el malsano deseo de comprobar hasta dónde era capaz de llegar, de que él realizara lo que yo no podía realizar. Hoy recuerdo aquel inicio con aversión y lástima.

Se fue con un leve temblor en los labios, nervioso y repitiendo un tic que le obligaba a alzar las cejas constantemente. Sus manitas cortas y regordetas se aferraban a la cajita de zapatos donde se escondía el funesto fetiche. Y se marchó dando una carrerita.

En los siguientes días traté de olvidar el asunto. Me sumergí en la alba claridad de los textos de la Antigüedad griega y romana. La prosa de elegantes ondulaciones de Cicerón, el sentencioso y plateado latín de Séneca, la castrense austeridad de las obras de César. Los diálogos platónicos me enervaron con su bella dialéctica, pero desemboqué en el áspero griego de Aristóteles, sistemático y expositivo, que me consoló de mi experiencia con la más horrible de las antimetafísicas, tan alejada de la suya, la de una especie que pudo haber sido.

Al mismo tiempo me dediqué a adecentar mi hogar, a ordenar los libros. Deseché y tiré a la basura todo lo superfluo, pulí los mármoles, quité el polvo acumulado en los estantes. Con reconfortante aplicación y paciencia limpié cada uno de mis cinco mil ejemplares, muchos de los cuales jamás leeré.

Pero en las horas de insomnio, cuando trataba de dormir, a pesar de lo mullido de mi colchón y de la calidad exquisita de mi lecho, se me aparecía, como un fantasma, la imagen de Pimo, fatalmente perturbado por el fetiche.

Una noche, cuando hacía algo más de una semana que no sabía nada de él, en medio del insomnio desesperante, me propuse ir a visitarlo en cuanto amaneciera.

Era de costumbres regulares. Madrugaba mucho. Así que fui a primera hora a su casa cuando ya no podía aguardar más días sin saber de él. Era extraño que no respondiera a ningún teléfono ni móvil ni fijo. Su modesta vivienda era una de esas casitas blancas que apenas quedan ya en La Línea, no lejos de la Plaza de toros. Si todo iba bien, debería estar trabajando en su artículo sobre la bala de cañón encontrada junto a las ruinas del fuerte. Pero en su página web no aparecía avance de ningún tipo en la investigación. En realidad, había permanecido inactiva todo el tiempo.

La vivienda estaba cerrada a cal y canto. Era imposible observar nada de lo que hubiera dentro. Me pareció sentir que fluía, no obstante, una leve corriente fría que se colaba por resquicios de los viejos y apolillados marcos de madera de la única ventanita que mostraba la fachada. Salía de dentro, con un olor de metal. Golpeé con los nudillos en la puerta de entrada, casi deshecha por la humedad. Agucé el oído y creí adivinar algo. Estuve casi una hora, muy escamado. Me pareció que era el sonido de algo que reptaba, que parecía arrastrarse.

Lo dejé estar. Me marché aturdido, rememorando la rutina de mi amigo, intentando adivinar dónde podría estar inmerso en su habitual actividad investigadora. Acaso había adquirido, como tanto me había dicho que pretendía hacer, una mascota, una gran tortuga, de esas de importación, que parecen reptar con sus pesados pasos y que gimen con un casi inaudible gorgoteo. Me divirtió y reconfortó pensar en la tortuga. Pero según pasaba el tiempo cada vez sentía más inquietud y más pena.

Pasaron más días sin recibir noticias de Pimo. Comencé a alarmarme y a sentir arrepentimiento por haberlo dejado tanto tiempo solo con el fetiche. En la Institución de

Historia Local nadie lo había visto en semanas. Allí solía acudir siempre vivaracho a leer sus periódicos, dedicando horas al asunto de comparar las versiones de uno y otro, que sopesaba con una milimétrica vara de medir las opiniones.

Cada vez soportaba menos su ausencia y mis pasos me comenzaron a conducir como por instinto y de manera reiterada a la casa que siempre permanecía cerrada. Ahora olía mucho más a metal, casi como una ferretería, la débil corriente que se filtraba en las grietas del marco de la ventana. Decidí denunciar la desaparición, o, mejor dicho, acudí a la policía asegurando que él se hallaba dentro, que quizás, Dios mío, estaría muy enfermo o algo peor. Como es obvio, deseché la absurda hipótesis de que hubiese adquirido una tortuga gigante, pues no eran ya pasos reptantes lo que ahora se dejaba oír, sino el roce de algo que se deslizaba como una enorme serpiente.

Acompañé a la policía que echó abajo la puerta para averiguar lo que estuviera sucediendo dentro.

Tuvimos que encender la luz. Primero vimos los símbolos escritos por todas partes e incluso labrados con algo punzante por todas las paredes. Después nos fijamos en las manchas de sangre seca desprendiendo el fuerte hedor metálico. Y acto seguido nos percatamos de las extrañas pinturas. Noches de muchas lunas que se reflejaban sobre las aguas infinitas de un Estrecho de Gibraltar casi irreconocible, el Peñón en un paisaje de mamuts, de tigres de desorbitados colmillos y monstruosos osos perfilados de un modo extraño, siguiendo, al parecer, pautas de una estética desconocida. Con trazos nerviosos y contundentes vimos pintadas borrosas manchas que semejaban leviatanes surcando las aguas. Pero lo más abundante eran los cientos de papeles donde se reproducía lo que parecía un alfabeto desconocido. Una grotesca aglomeración de lo que parecían letras, que componían impronunciables vocablos representados por series de hasta once consonantes. Era como si Pimo hubiera tratado de descifrar el lenguaje de los homínidos. Aquello era el frustrado intento de pronunciar lo impronunciable, de transmitir algo que sólo en la más pavorosa soledad podría comprenderse, de arrojar luz de manera imposible sobre la oscuridad primigenia que devora toda luz y toda forma, sobre la panza bestial donde se trituran todas las cosas.

Lo hallamos todavía vivo, palpitante y tumefacto. Ya no parecía humano. Yacía sobre un desmesurado charco de sangre fresca, en el dormitorio, desangrándose como una ballena arponeada, con la ropa hecha jirones y atravesado de brutales cortes todo su cuerpo. Era una inmensa inflamación, un cuerpo que se había sajado a sí mismo hasta casi traspasar el umbral de lo soportable. Abría y cerraba la boca como una oruga, como si masticara el aire, mientras su cercenada garganta emitía una cháchara de gruñidos. Durante días, semanas, se había auto mutilado para regalar al sediento fetiche su sangre y mirar en las tinieblas de otros tiempos.

El fetiche estaba arrojado en el suelo, en un rincón, cubierto de negra sangre coagulada. Intenté robarlo, pero la policía me lo impidió. Reprimí mi llanto porque supe que era preciso destruirlo, que esa horrenda cosa era la culpable de todo, que nadie más debía *hablar* con él. Pensaron que estaba padeciendo un ataque de nervios y me mandaron al hospital en un coche zeta. Mientras me forzaban a meterme en él, lo vi de nuevo: un bulto macerado por su propia mano, plagado de úlceras y monstruosos cortes, que se había cercenado incluso nariz y orejas, expirando sobre la camilla donde lo transportaban a una ambulancia.

La reunión

Al final de la cuesta se adivinaban las mesitas. No había lugar a dudas. Era justo en el punto donde se suavizaba la pendiente como para dar un respiro al exhausto caminante. Algunas sombrillas permanecían abiertas y se distinguían figuras humanas como manchas claras en la luz cegadora. La acera se ensanchaba para formar una placeta, donde se disponían las mesitas con sus sillas. Allí se dirigía Hombre Águila jadeante, portando la chaqueta sobre un hombro y con un sombrero que a última hora había decidido agarrar del perchero para protegerse de un sol que muchos recibieron con euforia aquel día de mayo pero que a él le ocasionaba una pesada irritación. Nada más cerrar la puerta de su coche, lamentó haber olvidado las gafas de sol que le cubrían desde las cejas a los pómulos de su cara huesuda. Aunque la ropa holgada disimulaba su delgadez, las manos y la faz fantasmal revelaban su constitución delgada. La desproporcionada nariz como un gancho perfecto hacia abajo, le infería un perfil decididamente aguileño.

Poco a poco fue tomando consistencia lo que al principio parecía un espejismo y las manchas luminosas fueron definiendo sus rasgos. Un anciano, con un gran bigote blanco parecía dormitar, aunque nadie podría asegurar si tenía los ojos cerrados o sólo entrecerrados. Las manos juntas reposaban sobre una barriga de cierta consideración. En otra mesita, una mujer hacía carantoñas a un niño de corta edad que no llegaba a alcanzar la tostada que tenía en un plato. La mujer vertía té de una tetera en dos tazones. Hombre Águila miró su reloj y alzó las cejas negrísimas que destacaban, como su nariz, sobre el rostro enjuto. Dejó el maletín de cuero negro sobre la acera y se rascó el cogote con la mano libre. Resopló el aire recalentado de sus pulmones y se dijo: "No parece que nadie responda a la descripción… tal vez el caballero… pero no, quien dormita bajo la sombra en un día de mayo con esa paz no puede ser de los nuestros…". Comenzó a sospechar que quizás no acudiría ninguno. "Esperaré de todos modos", pensó. Hombre Águila se sentó bajo una sombrilla.

Apenas colocó su maletín sobre otra silla, apareció un hombre medio calvo y grueso con un bigotito castaño. Su cara era redonda como si fuera la bola pequeña que sobre otra mucho más grande conformara la cabeza de un muñeco de nieve. Y justo eso parecía todo él, pues la panza que sobresalía ostensiblemente parecía querer cubrir unas piernecillas desproporcionadamente pequeñas. Era como una gran esfera que se sostuviera sobre dos palillos. En seguida, se dirigió hacia Hombre Águila.

- "Buenas tardes"
- "Buenas tardes. Quisiera una tónica con mucho hielo, por favor"
- "¿Algo más?"
- "No".

El camarero desapareció por la puerta como tragado por un gran bostezo y Hombre Águila quedó pensativo. Volvió a mirar su reloj. El corazón latía con latidos contundentes, palpitando bajo las costillas en el tórax exangüe. Se sintió muy cansado.

"Vaya cuesta –murmuró-. Este mismo calvario, estos músculos doloridos y este resuello agitado son una fiel metáfora de todo esto. Mis ojeras no pueden disimular lo que me sucede, un lento día tras otro. Las reglas. Sólo había que obedecerlas, acoplarse a ellas, doblegarse a ellas. Pero los planes eran una farsa. Desgraciadamente todo es, ahora lo sé, más complejo y más irreal de lo que nunca había pensado".

El camarero apareció con la tónica. Con un movimiento de locomotora de vapor echando a andar, nuestro hombre alcanzó el vaso y bebió un largo trago. Miró la cuesta por la que había subido. La calle continuaba más arriba. A uno y otro lado se alzaban las blancas fachadas con grandes ventanales, de aire andaluz y vagamente colonial. No se veía un alma, aparte de la madre con el chiquillo y el señor que dormitaba.

Hombre Águila se había despedido de los empleados a las 14:00 para ir a almorzar pronto y salir a la carretera en dirección a la sierra. El pueblo estaba a unos 130 kilómetros y había tenido que internarse por carreteras secundarias que serpenteaban en un campo moteado de amapolas como átomos de solitaria belleza. Había hallado fácilmente el camino al café bar "Los olivos". Era extraño que ese fuera el nombre, porque en el lugar no había un solo olivo. Aún más, en varias hectáreas no se hallaba uno solo de esos retorcidos arbolitos tan comunes en muchas zonas de Andalucía. Aquella tierra era un alcornocal en el que también abundaban las encinas, pero precisamente olivos, no había ni uno. Al menos, Hombre Águila no había visto ninguno en todo el trayecto desde Ronda, donde quedaba su notaría. Allá estarían todavía, pensó, los empleados absortos en documentos, actas y fichas. Aunque la informática, desde luego, les facilitaba mucho las cosas. De hecho, él no estaría en aquel villorrio si no fuera por los ordenadores; mejor dicho, por Internet.

Desde que supo qué era lo que tenía que hacer, se sumergió en la red para encontrar los datos que necesitaba. En su pesquisa, había dado con ciertas personas a las que ya creía conocer perfectamente. Habían intercambiado largas parrafadas que conformaban terribles tempestades por los cables del ADSL. Hombre Águila se frotaba cada noche los ojos resecos. A veces, las frases que aparecían en el monitor eran quedamente pronunciadas por sus labios. En el piso donde vivía, se oía en medio de la noche el tic tac de un enorme carillón.

Todo había sido por etapas. El descubrimiento de Internet, su blog secreto y sobre todo el chat donde repartía confidencias con Hombre Perro, Hombre Jirafa, Hombre Cebra.

La reunión había sido acordada sin la menor duda en el café bar 'Los Olivos', a las 16:00. No se habían puesto de acuerdo acerca de la seña para reconocerse, aunque Hombre Cebra veía con agrado que el grupo escogiera algún anagrama, tal vez la sombra de un Judas ahorcado o una Cleopatra mostrando el brazo al áspid terrible. Pero al final decidieron reconocerse tan solo por las descripciones personales que cada uno hizo de sí mismo. Hombre Jirafa era un joven adulto, de unos treinta años, moreno y con largas patillas que terminaban en puntas. Este detalle, junto con las gafas de pasta, lo harían inconfundible. Habían quedado en un lugar que presumían casi desierto para, precisamente, reconocerse y con el fin de evitar miradas indiscretas, aunque Hombre Águila pensó que tal vez no había sido muy buena idea lo de escoger un pueblo solitario porque es justo estando en medio de la nada cuando más se destaca. Al contrario, en la gran ciudad, donde hay miles de ojos rodeándole a uno es donde más invisible se es. Contra esta premisa, Hombre Perro se había empeñado en este lugar concreto para la cita, afirmando que sus mundos cotidianos, de los que se despedían, no podían estar presentes. Ellos serían meras sombras en un lugar al que aparecerían para no volver jamás.

En una cosa todos habían mentido: en los nombres. En realidad, el propio salón virtual donde chateaban les había sugerido tales *nicks*, ya que se denominaba "El arca de Noé". El salón virtual había sido fundado por Hombre Perro. Hombre Jirafa era más antiguo en el chat que Hombre Águila y fue en las conversaciones de meses atrás entre él y Hombre Perro que había ido conformándose el tema esencial que les reunía. Hombre Jirafa en un arrebato de confidencialidad le había confesado a Hombre Perro su intención. Hombre Perro, que hasta el momento había manifestado un espíritu efervescente y burlón, prorrumpió en un dolido lamento virtual que se prolongó hasta el día de hoy, confesando que no esperaba tampoco nada de la vida. Así, Perro y Jirafa entrelazaron sus delirantes penas noche tras noche. Hombre Perro hubo de reconocer que usaba el sarcasmo como desesperado remedio contra el vacío que se le había instalado en el alma. Este sentimiento era compartido por los cuatro, quienes, de edades similares, contemplaban con dolor el pasado para no ver más que penumbra en el futuro. Todos habían soñado, después habían seguido reglas y por último habían fracasado. Así se podían resumir sus biografías.

Hombre Águila abrió el maletín para extraer su ordenador portátil. Se dijo: "vamos a ver. Somos cuatro hombres de unos cuarenta años. No sabemos mucho el uno del otro, pero sí hemos profundizado en nuestras almas, de hecho nos hemos explayado hasta marearnos, para ir a constatar que los cuatro, llamados al arca en el mismo naufragio, hemos asido idéntico madero. Hombre Perro ha cerrado hoy nuestro chat, nuestro último chat, con la única verdad: 'no esperemos ya nada nuevo de la vida'. Hombre Jirafa, que se ha confesado marxista, ha proclamado *in extremis*, el propósito de emprender una revolución a la desesperada, pero todos convinimos en que no era justo llevar a cabo una revolución condenada al fracaso de antemano, cuya fuerza motriz fuese el nihilismo en el que estamos los cuatro enredados. No es justo contagiar e implicar, pongamos por caso, a ese niño que comparte con su madre una tarde de té y tostada. Debemos desaparecer solo nosotros, ¡solo nosotros! Al final, Hombre Jirafa se ha visto forzado a reconocer que poca tarea salvadora puede acometer uno cuando no es capaz de salvarse a sí mismo, cuando alberga dudas demoledoras, cuando a toda regla ha acabado oponiendo un duelo disolvente".

Pero allí no aparecía ningún hombre de mediana edad. Quienes estaban presentes parecían felices y casi vegetar reconciliados con la vida, uno por estar gozando de un sueño apacible y otros por ser madre e hijo en circunstancias en las que no cabe la infelicidad. Era mejor dejarlos así, que las cosas siguieran su curso y que los cándidos perseveraran en su paz. Pero Hombre Águila había descubierto que había algo terrible en la existencia, el día que tuvo que admitir que no era feliz mientras miraba sus títulos académicos en las paredes de su despacho. Desde entonces, lo que había existido de manera soterrada, se había apoderado de su consciencia y le atormentaba noche y día: la sensación de no haber logrado ser feliz siguiendo las reglas. Ciertamente, lo de hacerse marxista podía ser un remedio. Hallar razones objetivas a su desazón sería un alivio. Pero la desazón era resistente a cualquier teoría que intentase explicarla. No bastaban las teorías para expulsarla de sí.

En aquel momento apareció de nuevo el camarero y le espetó:

- Ud. debe de ser Hombre Águila.

Hombre Águila se incorporó irguiéndose como una mantis a la que atrajera de pronto el zumbido de una mosca. De hecho, sus brazos se doblaron quedando exactamente como la posición de los brazos de una mantis al acecho. Un leve temblor le recorrió el cuerpo.

- ¿Quién le ha revelado mi nombre? Balbuceó.
- Me ha telefoneado alguien que creí que era un bromista cuando se identificó como Hombre Perro. Me explicó que debía avisarles de que llegaría un poco más tarde. En fin, yo no pregunto.
- Pero no comprendo cómo ha sabido Ud. que soy quien dice y no uno de los otros.
- Le he observado y tiene un evidente aspecto de tomarse todo muy en serio. Ha llegado con puntualidad. Podía haber aparecido antes o después de la hora convenida, que según me ha dicho el señor Hombre Perro, eran las 16:00. Si trabaja Ud. en horario de mañana no podrá almorzar antes de las 15:00, con lo que estar aquí desde la ciudad más cercana a la hora exacta se antoja un tanto difícil. Hay mucho camino por carreteras secundarias. Habrá tenido que pedir permiso en su trabajo, cosa improbable ya que hoy día los jefes no están como para conceder favores, ya hay muchas pérdidas con la crisis, por lo que es más probable

que regente su propio negocio. Así, se habrá ausentado del mismo un poco antes que sus empleados, porque puede hacerlo, para almorzar rápidamente y coger el coche. Sin embargo, comer con prisas le ha trastornado el estómago por lo que ha pedido para beber algo que no suele pedir mucha gente a esta hora y que tiene la propiedad de aliviar las molestias de estómago. He comprobado que al menos uno de cada dos clientes que bebe tónica en la sobremesa es porque espera aliviar alguna molestia digestiva. Así, solo Ud. ha sido capaz de llegar a la hora convenida haciendo un gran esfuerzo que se explica porque sin lugar a dudas Ud. debe de ser alguien serio a quien le gustan las normas y que cumple lo acordado con fidelidad. ¿Sabe? Solo yo atiendo el bar en estos momentos y estaba a punto de cerrar, pero la llamada de su amigo me ha hecho quedar a la espera. Sé que solo podían venir dos o tres personas, según me ha informado, aunque ha aparecido gente inesperada. Hombre Perro me ha dicho: 'Hombre Águila acudirá puntual, acaso uno o dos minutos antes de la hora prevista, y llevará un maletín consigo del que apenas querrá separarse. Verá que es un hombre muy serio'. Como es evidente, yo no me voy a meter en lo que Uds. se traen entre manos. Me alegro de que por lo menos esta sobremesa esté resultando diferente y menos monótona de lo que suele. Desde luego, han aparecido otros clientes que no esperaba, pero como es obvio ellos no son de su reunión y no me he molestado en preguntarles. No son sujetos de mediana edad ni responden a la descripción que Hombre Perro me ha facilitado del grupo. Ud. sí parece del grupo, encaja con la descripción.

- No podía imaginar que fuera tan previsible –contestó sin disimular su enojo Hombre Águila. Se sentía traicionado por Hombre Perro y humillado por el camarero metido a detective-. En efecto, yo soy Hombre Águila y debo ser muy serio, por lo que dice, pero conteste por favor: ¿le ha dicho Hombre Perro a qué estamos jugando?

- No, de eso no sé nada. Solo puedo constatar algo muy obvio: o están locos de remate o están jugando para divertirse. Yo prefiero la segunda opción, porque me parece menos peligrosa. Prefiero creer eso.

Dicho esto, el camarero se dio la vuelta y desapareció por la puerta que como una gran boca parecía engullirlo una vez más. Hombre Águila apuró su tónica. Se preguntó qué clase de camarero era aquel que se ponía a jugar a detectives. Al parecer no sabía lo más esencial de todo. Por fortuna, Hombre Perro no había revelado el secreto. Era fundamental que nadie pudiera interponerse. Quizás solo llegara Hombre Perro, mas aunque fueran solamente ellos dos, el proyecto se realizaría. Habían decidido que era mejor así. Poner un punto y final, tal como habían deliberado en sus frecuentes y lúgubres sesiones de chat. Poco a poco, a partir de las conversaciones que tenía guardadas en una carpeta en el sistema operativo, había confeccionado una precisa tabla con los pros y los contras, en la que los pros superaban con creces a los contras. Se trataba de contemplar una evidencia que había que asumir. El porvenir se acortaba e iba estrechando como si todo un paisaje se comprimiera en una visión de túnel. Se trataba de desafiar con una última regla lo que era la ausencia más inasumible de reglas. Esto era lo que más frustración ocasionaba al grupo de desconocidos interlocutores virtuales que compartían las trágicas sesiones de chat en el Arca de Noé. La falta de reglas. La conmoción les había llegado a edades similares, en el momento en que uno mira hacia atrás.

"Hombre Jirafa y Hombre Perro ya estaban acabados cuando yo me incorporé al grupo. Se hallaban en la búsqueda de los modos apropiados, pero con buen criterio supieron tantearnos a Hombre Cebra y a mí antes de revelarnos su propósito. Como un cebo, arrojaban muy apropiadas sentencias que, a mi juicio, apuntan con certeza a la pesadez que arrostramos. En realidad, los cuatro somos cuatro posibilidades distintas en cuanto que partimos de lugares diferentes, pero los cuatro hemos convergido en un mismo destino final, en una conclusión inapelable. Mi camino –miró la cuesta por la que había llegado hasta el café bar- ha sido una fatalidad por haber escogido... -se quedó unos instantes en suspenso, para proseguir al poco el hilo de su pensamiento- vivir según el precepto: 'estudia para ser feliz'.

Nuestro fatigado caminante se acarició el estómago con una mano, mientras con la otra tecleaba en el ordenador portátil que había sacado del maletín. En la pantalla aparecía una conversación del chat.

(Hombre Jirafa): La primera vez fue embriagador, pero cada vez necesitaba más. Probé cambios cualitativos una vez que lo numérico se mostró insuficiente. Lo numérico dejó de tener importancia cuando perdí la cuenta que durante cinco años y medio llevé de mis relaciones. Contarlas añadía un placer suplementario, un plus que sumaba a cada goce estrictamente carnal y que me produjo un *in crescendo* que ampliaba mi ego, como si me inflara, como si fuera un globo que se hinchara e hinchara. Hasta que el globo dejó de aumentar. Sé que muchos soñaron con tener que jactarse de esto, lo sé, sé que tener éxitos, digamos, sentimentales, es lo que todos perseguimos, pero créeme, uno nunca se sacia. Me pregunto si al bello sexo le ocurre lo mismo.

(Hombre Águila): Quizás deberías haberles preguntado.

(HJ): La verdad es que estaba ocupado en otras cosas. Quería que mi goce fuera estrictamente físico, porque creía que todo bien procede de la excitación nerviosa, lo cual fue por mi parte una reducción cuantitativa sorprendente. Ahora lo sé. Lo supe y cambié de estrategia. Empecé a demorarme un poco más en cada relación. Aposté incluso por una que duró un tiempo, pero siempre retornaba al mismo pantano que me acababa tragando, y que tuve que divorciarme de mi última esperanza. Mi felicidad se esfumaba.

(HA): Yo pensaba, sin embargo, en el peligro de la acumulación de experiencias, en mi caso, intelectuales, como un elemento perturbador de mi regla estudio=felicidad. A más estudio, habría que precisar, menos felicidad, contra lo que he creído tantos años.

(HJ): ¿Crees que son incompatibles ambas cosas?

(HA): Sí, sin duda.

Así, Hombre Jirafa hacía confesiones sorprendentes que no deberían sorprender a ningún varón. Era de una lógica muy masculina. Hombre Águila alzó los ojos al cielo de la sierra y contempló cómo planeaban en círculos sobre él lo que parecían buitres. Justo sobre su cabeza, como un signo premonitorio. A veces la naturaleza expresaba las cosas con brutal sencillez.

Lo que lamentaba Hombre Jirafa, que intentaba justificar así su decisión de morir por obra de sí mismo, era trivial. Había confundido el amor como hipotética solución del problema de la pesadez existencial con una acumulación cuantitativa de experiencias amorosas, lo cual era una estupidez. Lo grotesco del caso era que ello reflejaba como en una hipérbole desmesurada lo que todos los hombres perseguían, y por hombres evidentemente aquí había que referirse a varones. Sin embargo, protestaba airado nuestro enjuto sufridor, Hombre Águila, no podía ser lo mismo dedicarse a acumular libros que a acumular conquistas amorosas. Este hombre Jirafa debía de ser como un gran falo, pensó con desprecio. Tanto es así que su animal totémico era un animal fálico: la jirafa. Pretender hallar el sentido de la existencia de ese modo era un sinsentido y resultaba lógico que haya terminado frustrado, como cuando se abusa de las drogas. Pero su vida sacrificada de Águila del conocimiento había ido por otro camino. El problema fue que en el momento en que debió haber acaecido el final feliz, este no fue feliz. En su despacho había negado varias veces con la cabeza, para sí mismo, ante el espectáculo de sus títulos académicos, en el justo momento en que vislumbraba que se había equivocado. Y ahora, en aquella placeta, pensaba si verdaderamente era tan deseable haber acumulado libros más que haber acumulado sexo. Ante esto quizás lo mejor era dormir (y contempló al anciano que seguía dormitando a la sombra con la boca muy abierta y roncando como si gruñera) o dormir (y contempló a la dama que hacía lo que todas las madres con todos los niños, o sea, hablarle como a un tonto y regañarle). "¿Y no era – pensó-, como decían los antiguos griegos, la muerte el más dulce de los sueños?".

El camarero surgió de nuevo dando un leve traspié al franquear la puerta, por lo que pareció que llegaba vomitado desde el negro interior por la gran boca abierta en la fachada. Tras el respingo que supo dominar hábilmente, con la bandeja sobre la que había un vaso de agua, colocó este en la mesa que ocupaba el anciano que dormitaba, pero que abrió un ojo cuando oyó el ruido. Acto seguido, se dirigió a nuestro amigo para informarle de una novedad en relación con la esperada reunión:

- Ha llamado el señor Hombre Perro. Me dice que debe Ud. acudir al número 37 de la calle Antiguo Arroyo. Yo le puedo indicar dónde es. Debe continuar hacia arriba por esta misma Calle Mayor y llegando a una esquina con una pequeña fuente, a la izquierda, adentrarse en ella. Camine un poco y cuando vea la tercera calle a la derecha, creo, a ver —y el camarero hizo un gesto de contar mentalmente mientras con una mano parecía también querer contar moviendo los dedos- sí, exactamente la tercera, entonces vaya hacia allá y me parece que no muy lejos está el número 37.

- Qué extraño, pensó.

- Yo solo sé que me ha dicho que Ud. vaya a buscarlo. La verdad es que tenía la voz agitada. Pero me lo ha expresado con claridad: "Dígale a Hombre Águila que me busque en la calle Antiguo Arroyo, número 37".

Desde luego, dada la circunstancia en que los cuatro estaban inmersos, era lógico esperar algún imprevisto. Alguien podía echarse atrás, como Hombre Jirafa y Hombre Cebra, o alguien, como tal vez era el caso de Hombre Perro, podía perder la serenidad. Por mucho que se habían arengado entre ellos para infundirse valor, por muchas razones que se dieran, por mucho que lo hubieran meditado, siempre cabía esperar cualquier cosa en tales circunstancias. Contra toda lógica, el instinto podía aparecer y dejarle a uno paralizado. Eso era algo, a todas luces, patético, ya que la razón, opinaba Hombre Águila y así lo había expresado a menudo en el chat, debía superar a las inercias físicas que actúan irreflexivamente para prolongar una agonía "atroz". Aunque atroz no parecía, en sentido estricto, aquel entorno de una mansa tarde de mayo. De todos modos, no estaría mal compartir un chat en persona con aquel que tan acremente había descrito la existencia, con aquel que tan precisa y certeramente había expresado los sentimientos que todos profesaban, llevándoles a conclusiones irrefutables y planeando todo hasta en los últimos detalles. En realidad, no le hacía falta a Hombre Águila para hacer lo que tenía que hacer. Lo suyo era solo una concesión a la curiosidad. No estaba deprimido y por tanto no carecía del saludable hábito de la motivación intelectual. A fin de cuentas, siempre había sido así. La más extrema lucidez en medio del más amargo desasosiego. Estaba acostumbrado. Así que pagó la tónica, dio las gracias al camarero y se resignó a proseguir el ascenso de la empinada cuesta que conformaba la calle Mayor.

Allá iba con el sombrero que debía pertenecer a un cráneo de mayor envergadura porque le quedaba visiblemente grande en relación con la cabeza estrecha y alargada. Llevaba la chaqueta colgada de un hombro y la holgada camisa abotonada hasta el cuello. Jadeaba según subía más y más por la cuesta. Las fachadas se sucedían iguales unas a otras, hasta llegar a la interrupción que suponía la fuentecilla acoplada a una de ellas, justo en una esquina por la que se podía adentrar uno en otra calle más estrecha y felizmente menos empinada. Las señas que le dio el camarero no parecían difíciles. El pueblo era pequeño y podía recorrerse bien. Las casitas encaladas se apiñaban como para protegerse del cerco del campo. Una, dos, tres calles a la derecha, y en efecto, localizó la calle Antiguo Arroyo. Los números destacaban sobre el umbral de las puertas, dibujados con gruesos trazos negros: diecisiete, diecinueve, treinta y uno… Fue contando, hasta localizar la fachada señalada. Hay que decir que no había un alma en la calle y que en todo el recorrido no se había cruzado con nadie. Era la hora de la siesta, lo que infundía la inquietud de estar violentando el descanso de todos. Con asombro, constató que la puerta esperada estaba abierta de par en par, mostrando al otro lado una penumbra que contrastaba con la luz cegadora del sol.

Hombre Águila formó una extraña zeta con su brazo derecho, tras dejar en el suelo el maletín, y golpeó tres veces en la puerta abierta hacia dentro. Aguzó el oído pero no identificó ningún sonido de actividad humana. Venciendo una cierta vergüenza acertó a exclamar: "¡Oiga!". Lo repitió dos veces, cada vez con más volumen pero sin eludir un temblor en la voz. No podía afirmarse categóricamente que no hubiese nadie, ya que estaba deslumbrado y molesto por el sol de manera que no podía mirar bien el interior. Probó abrir los ojos con desmesura. Sin darse cuenta de lo que hacía, dio unos pasos hacia dentro, franqueando la puerta pero deteniéndose apenas pisó el suelo de la casa. Poco a poco comprobó que, como suele ocurrir, la vista se acostumbraba a la penumbra y se adivinaban algunas formas de muebles como manchas oscuras dentro de una gran oscuridad que se iba aproximando hacia el gris. Entrevió una mesa alta, o así parecía, en medio de la habitación. Una sombra cercana le pareció un gran armario, pero según la mancha se iba matizando con grises, azules oscuros y negros menos negros cada vez, comprobó que se trataba de una gran butaca o tal vez una especie de mecedora. Todo esto ocurría sin apenas darle tiempo a preguntarse nada. Al poco, se vislumbraba enfrente un gran mueble de salón, con formas circulares mucho más claras que debían ser, sin lugar a dudas, platos colocados verticalmente. Adivinó cuatro, en una hilera a la altura de sus ojos. Se frotó los ojos y giró la cabeza a la izquierda. La forma de algo estrecho y vertical le sugirió una lámpara de salón de esas antiguas que se suelen colocar en las esquinas o junto a alguna mesita pequeña. Pero al mirar hacia abajo le pareció que flotaba en el vacío. Se frotó los ojos para estudiar bien aquella rara lámpara a la que le faltaban los pies. Recorrió la forma de la misma de abajo arriba, pero constató que no aparecía claramente una pantalla de esas que suelen albergar a la bombilla. Más bien, era como un gran pirulí que flotara. Intentó abrir más aun los ojos, ya de un modo exagerado. Entonces, aquello se acabó asemejando a un gran saco de boxeo allí situado de manera insólita. Una suerte de extravagancia del inquilino de la casa o de los inquilinos que no casaba con una estructura y un mobiliario al uso. ¿Por qué alguien había puesto allí, en pleno salón, en la habitación de entrada a la casa, un saco de boxeo que debía pender del techo? Dudó si avanzar o decir algo. Con la voz quebrada exclamó: "Soy Hombre Águila". Pero una vez más le respondió el más absoluto silencio. Decidió que no debía violar aquella tiniebla y no adentrarse más en ella. Algo le decía que se largara de allí.

Echó a andar sin rumbo, por la misma calle alejándose hacia las afueras. No tuvo que dar muchos pasos para comprobar que el pueblo era bastante pequeño. Enseguida dio con el campo. Como dijimos, no había ni un solo olivo, sino alcornoques y encinas, que componían la pintura con recortados cuadrados de labranza. Observó la línea de adelfas y chopos que señalaban el paso de un arroyo. Aunque conocía la inutilidad de meditar, de repetirse cansinamente lo que noche tras noche afloraba en el chat, las buenas razones que había para poner punto y final, un punto y final que había que asumir sin más, sin ningún tipo de adorno, se dio el respiro de una breve prórroga. Lo que contemplaba era un terreno amplio que descendía hacia un valle señalado por la línea de adelfas y algún chopo que como él mismo se alzaba con casi perfecta verticalidad. Era un hombre observador hasta el menor detalle, un callado observador de los matices, un afanoso buscador de regularidades, sobre todo regularidades geométricas y espaciales. Ya era habitual que la naturaleza le produjera el ambivalente sentimiento de la repetición y de lo diferente, siendo lo diferente posibilidades y combinaciones a partir de estructuras iguales. Eso era para él el gran secreto del universo: lo múltiple a partir de lo simple, lo diverso como una propiedad de lo homogéneo. Así, la diversidad de los arbolitos que se sucedían ante su cara inexpresiva era una diversidad que guardaba semejanzas, en la que lo individual de cada árbol lo era sólo dentro de los límites geométricos que su mente ya había identificado. Nada perturbaba ese orden escrupulosamente obedecido por cada encina.

Pero su vista se detuvo en algo que caía como un lastre, en la rama baja de un árbol cercano que el viento zarandeaba de un modo diferente a como zarandeaba las hojitas y ramitas más ligeras. Era como un cilindro estrecho que acusaba el efecto de la gravedad, una sustancia menos maciza que un panal de abejas aunque lo parecía, algo que distorsionaba ostensiblemente el panorama, como una disonancia. No había modo de encajar aquella forma. Hombre Águila, precisamente como un águila en rápido descenso para atrapar a su víctima, se abrió paso entre las jaras y matorrales hacia aquel punto, atraído por el mismo como si fuera un imán irresistible. Campo a través, sin importarle las zarzas que le herían en las manos, a las que apartaba con violencia, se aproximó a la forma singular, que cada vez más se parecía a una especie de saco que colgara, de un color avena que no era ni el propio de la madera y menos de las hojitas de una encina. Cuando logró acercarse ya bastante, se percató de que del extraño saco pendían patas y hocico, un hocico alargado, puntiagudo, como su propia nariz aguileña, terminado en una esferita negra. Entonces se detuvo en seco, con un brusco movimiento que le hizo perder el equilibrio. Se quedó así, en tan incómoda postura, petrificado. Fue en aquel momento cuando tuvo una iluminación acerca de lo que como un gran saco de boxeo colgaba extrañamente en el salón casi a oscuras de la vieja casa. La revelación ocurrió como solían ocurrirle sus revelaciones. Al principio, veía piezas en un entorno que conformaban un dibujo exacto. De repente, como atravesado por una descarga eléctrica, todo parecía agitarse y chocar las figuras entre sí, como removiéndose. Durante unos instantes, se probaban infinidad de combinaciones, con velocidad de vértigo, hasta detenerse en una. Entonces, el nuevo dibujo se mostraba con cristalina claridad. El entorno adquiría una dimensión distinta, como transfigurado, perfilando otro dibujo. En este caso, la horrenda figura del galgo ahorcado, víctima de su propio peso, despiadadamente atraído por la tierra bajo el tenso cordel que lo enganchaba por el cuello, se convirtió en un cuerpo más grande y pesado que era también atraído despiadadamente por la tierra, pendiente también de un sucio cordel. La figura del galgo se acopló con la otra figura y la oscuridad del salón que nuestro avispado observador no se atrevió a profanar se iluminó como si hubiera relumbrado un instantáneo relámpago.

Hombre Águila no necesitó ver más. Supo que Hombre Perro se había adelantado y que había faltado a su cita porque había llegado al final demasiado pronto. Entonces, también como un relámpago, todo el horror del final irremediable, del cerco y del límite más allá del cual no hay absolutamente nada, acosaron a nuestro amigo. La faz de la muerte le sobrevino como un anticipo de aquello a lo que se disponía a arrojarse. Un abismal vacío que después de muchos meses le infundía pavor, por primera vez, y un escalofrío de pies a cabeza. "¡Dios mío —pensó- qué locura!". Habían decidido traspasar la frontera bien despiertos, seguros de lo que estaban haciendo. Pero en esos instantes, nuestro aguilucho se sintió incapaz. Esto fue una debilidad que no esperaba, que superaba todo cálculo previo, que trascendía todas las sesiones dedicadas a convencerse. Ahora no podía echarse atrás, pero le resultaba espantosa la cruel estampa del galgo, la larga lengua rojísima colgando por un lateral del hocico, sus ojos vidriosos casi fuera de sus órbitas. Irse así, como el perro, sin respuestas, como se había ido el gran artífice del Arca de Noé, el samurái de la noche, en un supremo harakiri que decidió finalmente llevar a cabo completamente a solas. El galgo, en suma, había conducido a Hombre Águila hacia el otro "perro".

Pensó que debía avisar a alguien. Corrió por las cuestas hasta llegar, por fin, al café. El águila ahora parecía un buitre desplumado que se hubiera vuelto loco. Se quedó quieto, sudoroso y jadeante, con las cejas alzándose y descendiendo acompasadamente. La escena del principio en la terracilla del bar retornó. A primera vista parecía ser la misma: la mujer, el niño, el anciano. Pero sin embargo, algo había mudado en ella. El anciano lo miraba despierto por completo, con los ojos muy abiertos y las manos entrelazadas sobre el abdomen, ya mejor incorporado en la silla, mostrando un no disimulado interés por observarlo. La mujer, que usaba un gran sombrero con aire campesino, agarraba a su hijo por el hombro, tirando con suavidad del mismo, o mejor dicho, cogiéndolo por la cabeza y extrayéndolo de su otra mano, quedando el cuerpo vacío de una marioneta.

No tardó en aparecer el camarero con las piernecitas que como palillos desafiaban a la gravedad sosteniendo el enorme corpachón. El hombre se detuvo a unos pasos del pasmado ex suicida. El camarero invitó con un gesto a nuestro amigo a que tomara de nuevo asiento en una mesita. Entonces, se sentó con él, esbozando una sonrisa, remarcada por la curva que dibujó el poblado bigote. Preguntó al asombrado Hombre Águila: "Qué pesadilla, ¿verdad? ¿Qué tal le parece... morirse?". Entonces, este exhaló un profundo suspiro, al tiempo que relajaba todo el cuerpo y se acomodaba en la sillita echándose hacia atrás, desplomándose con lentitud.

- Lo que no acierto a comprender es por qué no han venido los demás. Aunque quizás sí haya una explicación: todos eran uno. El mismo que acaba de quitarse la vida.
- Todos han venido, de hecho, llegaron antes que usted. Y están vivos.
- Pero no encaja, el dibujo no encaja. El suicida, o mejor dicho, quien desea suicidarse es alguien para el que lo vital ya no es fuente de paz. Aquí sólo veo paz. Una madre con su hijo pequeño era el último ser que en circunstancias normales se quitaría la vida. Un anciano que duerme apaciblemente se halla satisfecho o sin fuerzas, carente ya

del nervio para acometer el acto que más energía requiere. No se puede dormir cuando a uno le restan minutos de vida. Sería un gesto demasiado estoico, inhumano.

- En todo ello le doy la razón. Sin embargo, Ud. se equivoca. Le digo que sí están aquí.

- No entiendo. Si ellos no han venido a participar de nuestro acto de libertad supremo, sino a dormir y a pasear con un niño, no son, no pueden ser Hombre Jirafa y Hombre Cebra. Tengo pruebas de que ambos están desesperados.

- ¿No ha pensado que Hombre Jirafa y Hombre Cebra nunca pretendieron suicidarse? Ud. es serio, muy serio, y tiende, como todo el mundo, a proyectar su seriedad. Llegó puntual, pulcro, preparado en el ánimo como se adivinaba por el gesto, por su cansancio. Me hizo pensar que había algo añadido a ese cansancio, algo que no era meramente físico. La cita había sido acordada de manera definitiva, pero Ud. trae su ordenador portátil para seguir pensando y para seguir, si era posible, conectado a Internet, hasta el último momento. Algo le decía que no todo iba a salir según lo previsto o, y esto es más atractivo, Ud., como casi todos los suicidas, temía hacer aquello que venía a hacer. Esto no resta un ápice a su dolor ni a su sinceridad, desde luego.

- Estoy sorprendido, porque no sé qué tiene que ver mi seriedad con el hecho de que Hombre Cebra y Hombre Jirafa no estén aquí.

- Sí están, le digo que sí están. Pero su seriedad le impide verlos.

- ¿Cómo dice?

- Ud. estaba verdaderamente apenado por la vida que lleva, pero esa pena, al mismo tiempo, se proyecta, como si fuera su sombra, le sigue adonde vaya, va siempre acompañándole como su mejor o quizás peor amigo. Así, si un día como hoy luce un sol espléndido a Ud. le molesta en los ojos. Su mal consiste en tomarse todo por el lado más grave. Es un hábito que tiene. Pruebe a cambiar el asa, agarre el botijo por la otra asa y verá como le pesa menos. Apuesto a que Ud. es capaz de concederse una prórroga para resolver el enigma. Verá, Hombre Jirafa hablaba tenaz, cansinamente, de sus conquistas amorosas, de relaciones sexuales, de un modo ingenuo y machista, estereotipadamente machista, lo que me hizo sospechar. Ciertamente, parecía hastiado de su existencia. En sus descripciones, cuando hablaba con nosotros, las mujeres que eran conquistadas por él no eran sino simples números. ¿Ha pensado que todo puede ser diferente? Para un hombre con tanto éxito, las mujeres no pueden ser simples números.

O es un hombre tan superficial que no podría hartarse (y ni siquiera darse cuenta) de su superficialidad, con lo que difícilmente podría quejarse de su vida y menos decidir con toda frialdad que debe abandonarla... o es un hombre poco superficial que jamás se pondría a contabilizar sus conquistas... o es una mujer. Una mujer que juega a ser un hombre exagerando el papel, cumpliendo a la perfección la caricatura de un tópico del Don Juan. Fue con ella, o con Hombre Jirafa, que son la misma persona, que decidimos jugar el juego. Ella ridiculizaba el donjuanismo, intentaba mostrar a un Don Juan consciente de su propio vacío, víctima de una especie de ritual repetitivo que no va a ninguna parte. Pero ese papel no existe en la realidad. No existe nadie así.

Esta última frase sobresaltó a Hombre Águila. Se le quedó rondando en la cabeza unos instantes como un eco.

- Comenzamos a jugar con el asunto del suicidio, bastante macabro. A partir de una falsa desazón de don Juan insatisfecho hilvanamos, tejimos, una desazón más amplia, omniabarcante y cósmica. Esto atrajo a muchos moribundos. Y también a un profesional de la muerte, es decir, a un experto en la muerte. Alguien preocupado por las mismas cuestiones que preocupan a un suicida.

- ¿Un psicólogo?

- No, por favor. Si fuera un psicólogo todo se habría estropeado. Habría empezado a moralizar. Habría trivializado la conversación. Ya tuvimos un caso de uno que intentó incorporarse al Arca, pero lo echamos en cuanto empezó con el primer sermón. No. Se trata de un oficio más viejo, un oficio más valiente, al que un "El Arca de Noé" proporcionaría un ineludible cebo.

- Un sacerdote.

- Así es.

De nuevo invadió a Hombre Águila un aturdimiento. Un sacerdote jubilado al que descubrimos por sus peros, por sus sutiles y menos sutiles objeciones a nuestros proyectos macabros. Uno que sintió que debía acudir a la cita como un deber, para hacer desistir de su propósito a los desesperados y a quien Hombre Perro informó de todo, tranquilizando su espíritu.

Entonces, Hombre Águila comprendió quiénes eran la mujer con el niño que se acababa de revelar como una marioneta y el anciano soñoliento. Ambos le miraban ahora con una mueca entre la sonrisa y la conmiseración. Pero todavía le faltaba uno: Hombre Perro. Entonces, apuntó con un dedo al camarero y comprendió del todo. Este le dijo, también sonriente:

- Si quiere, aun puede jugar una prórroga, tantas como mil y una noches. Le prometo la emoción que lo mantiene vivo, que le incita al interés por un mundo que carece para usted de otro interés. Reduzca todo a un enigma y olvídese del resto. Para Ud. lo que transgrede una regularidad brilla con la intensidad de mil soles. Es lo que le ayuda a vivir. Su razón se nutre de toda simetría. Así, yo sabía que debía ver al galgo ahorcado y que después aplicaría su plantilla, la simetría, pero erróneamente en esta ocasión. El saco de boxeo era un saco de boxeo y Ud. vio lo que quiso. Durante muchas noches le he estudiado y conozco su fantástica capacidad de establecer asociaciones de figuras. Mas debe admitir que esta vez, y quizás muchas otras veces, su estado de ánimo le muestra como evidente lo que no lo es. Era obvio que el saco de boxeo era solo un saco de boxeo, pero esta vez le pudo su ímpetu mortal, su ansiedad, su desesperación, que le hicieron creer que aquello era un hombre que pendía ahorcado como el galgo que había sido espantosamente ejecutado. Un galgo que tampoco era de verdad, es decir, solo un muñeco cuya misión era que Ud. viera lo que yo quería que viera. Solo he pretendido ofrecerle una lección *in extremis*.

Pesadilla

¿Por qué? ¿Qué le había sugerido esa maldita película? ¿Por qué había dado con ella? ¿Por qué la había visto?...pero, ¡demonios!, no era para tanto. No podía sucederle nada, pues todo era falso. Le gustaba, oh, Dios, le gustaba. Pero no, no podía ser.

Había accedido al enlace tras una inocente ¡inocente! búsqueda en Google. Solo había querido nutrirse de horror, pero de un horror artístico, pues en el mundo del arte todo quedaba en el plano del arte y la ficción no es más que una bella mentira, un bulo, y cuando uno ve la película después retorna a la realidad donde sumergirse en la rutina bendita, en la paz que por encima de todo hay que proteger. No, ver una película no significa que uno suscriba su moral, su estética, su guión para la vida real. Todo es ficción, nada más que ficción.

Que aquella película fuera algo más que ficción, en fin, ¡quién podía imaginarlo! Ya sabemos que las escenas se ruedan con escepticismo, se decía afiebrado, fuera de sí.

Nada de lo que sucede es real. El gore es irreal, grotesco. La película era un maldito exceso, pero no por la abundancia de sangre, sino por algo sutil. Había algo en esa película, una burda anormalidad. La historia era inverosímil, un pastiche de terror demasiado obvio. Pero había sido perturbador, fue su visionado tan extraño… porque ellos, Dios mío, parecían disfrutar. Sin duda todos estaban locos. Yo aguanté, se dijo, como he aguantado otras veces filmes deplorables, auténticas exageraciones. Pero en esta película, ellos, Dios mío, parecían gozar tanto. ¿Cómo es posible? La manifiesta inverosimilitud de este género actúa como un antídoto. Porque en el arte todo es…broma. ¿Quién va a discutirlo?

Él vio esa película. Lo aguantó todo y la vio entera. Se imbuyó de las prolongadas agonías de los cuerpos maltratados, del sufrimiento sin fin, de la muerte a pedazos, por partes. A ratos tenía que entrecerrar los ojos para ver todo como en una bruma, y repetirse que nadie podía hacer eso. Es obvio, concluyó con pesadumbre, que están locos. Y ella era una tiniebla, una amargura, oh, Dios mío, exclamaba, un horror tan terso, con una suavidad que traspasaba la pantalla, que él podía tocar y acariciar en su dulce tormento. Todo era tan atrevido, los límites tan desdibujados, de una ambigüedad extraña, de una oscuridad deliciosa, de una insania cotidiana, tan natural, porque la película hacía natural a la locura o algo peor.

Él, se dijo, sin duda está loco. Un loco, un psicópata, alto, con media melena entrecana, con las facciones muy duras, que no escogerías jamás como amigo. Un tipo oscuro y peligroso al que le gustaban los horrores que estaba realizando sin el menor oprobio, sin la vergüenza que todo hombre debe guardar ante algo tan serio como es la muerte. Porque lo cierto es que ahí todos disfrutaban, se repitió, las escenas eran absurdas, como si se encaminaran a una grosera pornografía de cuerpos lacerados, de prolongadísimos y refinados sufrimientos. Todo apuntaba a que era un producto de enfermos, de auténticos enfermos neuróticos regodeándose en las más desnudas atrocidades.

Ahora sé que lo peor se avecina, se confesó espantado. Si me hubiera limitado a ver la película, se dijo con amargura. Pero no, no fue capaz, porque aquello lo perturbó gravemente y sentía una comezón que jamás había sentido, que le impulsaba a saber, a saber más. Tenía que averiguar quiénes eran, cómo sobrellevaban esa inenarrable perversión. No había guión, en realidad no había un plan ni rastro de elevación en ese aborto artístico y todo era un regodeo demasiado primario para ser... falso. Disfrutaban, disfrutaban de veras.

Y entonces había profanado el secreto. ¿Cómo había osado? ¿Por qué se había aventurado? ¿Por qué no respetó la frontera que jamás, bajo ningún concepto, se debe traspasar? Había ido muy lejos, demasiado. Se había atrevido a escribirles, a ellos dos, a esa pareja diabólica. No es que quisiera nada en particular, tan solo era curiosidad, sí, pura curiosidad. Con un interés objetivo, estrictamente científico, quería saber cómo eran en realidad, cómo. Y sólo había sido, por su parte, una oferta de amistad, una propuesta estrictamente social, fraternal. Porque él los compadecía. A ambos, segregados tristemente de la sociedad y la normalidad, víctimas de tan viles gustos, sobrellevando su error como si nada. Malsanos.

Y ahí había quedado su propuesta, sobrevolando el éter. Ahora sólo cabía esperar. Era inútil, temió, echarse atrás. Ahora restaba soportar la tensa espera, la incertidumbre, que ellos... aceptaran su desafío, su ansia de conocimiento, su fruición; pero solo para experimentar, para tantear, para saber si... o hasta qué punto. No, no lo tenía claro. Pero de nada valía ya arrepentirse. Estaba seguro de que ellos ya lo sabían, de que les había llegado el mensaje, un simple mensaje, una proposición a la que debían estar predispuestos, un juego inocente, una sencilla nadería. Un juego, una película, sólo una película.

Pero ¿y si estaban verdaderamente locos?, se preguntó. Ya lo habrían leído y se habrían mofado de él, se habrían mirado cómplices, con esos ojos de cobra escupidora. Sí, se habrían dicho todo sin palabras, asintiendo el uno y la otra, como dos tarántulas, como dos bestias, porque en la película aparecían, de hecho, tarántulas y siniestras telarañas, todo mórbido y ficticio. Irreal.

Es posible que el par de enfermos lo hubieran tomado a él por el loco, como un estúpido cretino, como un tonto que se lo había creído todo, tomándose al pie de la letra lo que eran meras gesticulaciones de actores, simple invención de director y guionista. Una sombra, un vacío. Pero los vampiros no se limitaban a morder salvajemente en esa película y hacían cosas, ¡tales cosas! Por eso había sentido unas ganas mustias, cobardes pero decididas, que le habían hecho contactar con ellos, o, por lo menos, lanzar el anzuelo. ¿Habían picado? Lo pensó, meditó y rumió. ¡Sí!, se dijo. No habría sucedido si no lo supieran, si no lo hubieran producido con malas artes, con su magia de chupasangres. Porque nada, absolutamente nada, podía explicarlo. ¡Nada! ¿Qué es lo que ha pasado? ¿Por qué, si no, había tenido esas horrendas pesadillas? ¿Cómo era posible que le hubieran acosado en el sueño?

Los dos, graves y dementes, uno y la otra, al pie de su mismo lecho, por turno, vejándole, haciéndolo palpitar de miedo, sí, de miedo puro. Porque no había sido agradable, en absoluto. Había sufrido mucho. No había sido ningún juego, ellos le habían hecho gritar, o mejor dicho, modular y pronunciar un imposible grito de socorro, en medio de una mortal parálisis, la demencial petición de auxilio que apenas había podido arrojar, que parecía detenerse en su garganta, mientras él, de pie, vestido de gala, con sus ojos perturbadores, los ojos de un enloquecido capaz de hacer lo peor, de terminar con uno a distancia, en sueños, con noches de retorcidos espasmos, de estertores en la lucha para despertar, para no continuar un sueño, o mejor dicho, pesadilla, que no era, desde luego, ninguna broma, matar, matar de veras. Así de simple. Ambos eran capaces de ello, sin duda.

Habían traspasado océanos para cercenar su vida, ni más ni menos. Ahora sabía a ciencia cierta que la película reflejaba una realidad, que el deseo es infinitamente perverso. Ellos habían leído el mensaje y habían sonreído, habían sabido que tenían ganada una nueva baza para su juego enfermizo, para su ponzoña, para su diabólica demencia, para su torcida moral. Le habían atrapado, se dijo, y juró que saldría de esta, que aunque el daño ya estaba hecho y la frontera traspasada, era absurdo que llegaran a tomarse tanto interés por él, un mero científico, un aprendiz voraz, un coleccionista de experiencias. Pero ellos habían ido siempre por delante. Seguro que le estaban esperando. Necesitaban un nombre, un simple dato, alguien que se atreviera y osara. Le habían esperado y ahora gozaban. Todo había sido una ironía, un juego grotesco. Nadie quería realmente pensar que iban en serio, que serían capaces de velar su sueño, de hacerle sentir la angustia de la asfixia así, de lejos, a distancia, desde sus nauseabundos rincones. Y todo no había hecho más que empezar. No le llegaba la sangre a la cabeza, de hecho, se sentía débil, como si algo le hubiera sorbido el bello fluido. Y no le gustaba, no, que aquello fuera en serio. Habían venido, habían venido de verdad.

Todo arde en secreto

Todo arde en secreto. En esta revelación he fundado mi desmesura. Qué duda cabe que esto me ha tornado excéntrico a ojos de los demás, lo que no resulta fácil de aceptar y a la larga ha manifestado su peligro. Se puede llegar a vivir muy solo con la verdad, por culpa de la verdad, pero he optado por hurgar en la herida del mundo pasara lo que pasara. Y ahora veo el momento de contarlo, de ir aclarando poco a poco las estaciones de este viaje revelador. Una tarea que acometo trémulo, en la que es posible que al mismo tiempo que vaya componiendo el relato, me borre a mí mismo.

Podemos situar el inicio en un tiempo posterior, aunque próximo, a mi extraña infancia. Optemos por esta convención. Narrar el incendio de mi niñez resultaría temible, por lo que con sensatez prefiero situar el comienzo de este *via crucis* en una noche del año 1994, o tal vez 1995. El recuerdo es borroso, pero a todas luces fue en verano, pues me parece sentir incluso hoy el aire sofocante de la noche, el calor húmedo de aquella madrugada en la que me contemplo excitado, eufórico. Por momentos voy viéndolo mejor. Yo en el bullicio de la plaza, que por otra parte es una plaza poco convencional, pues se parece antes a un anfiteatro con las gradas de piedra y ladrillo formando un semicírculo en torno a un "foso" central. Situado en ese eje, a modo de centro del centro, como su corazón, está la estatua en bronce del cantaor Camarón de la Isla, congelado en trance de estar ejecutando algunos de sus cantes. Ocupando las gradas vemos la multitud que se agolpa en torno al centro sublime. Era fácil distinguir los "botellones" (palabra que entonces no se empleaba), de los que partía un rumor en el que las palabras de unos resultaban inaudibles para los demás.

Yo andaba por allí como perro perdido. Había insistido en quedarme en el anfiteatro más tiempo y ellos se habían marchado. Solo. Mi empeño en quedarme solo, rampante, era por la extravagancia de perderme entre las multitudes.

Me resultaba imposible quitar los ojos de la estatua del cantaor, sorprendido en su sillita de mimbre en mitad de un *quejío*, inmerso en la bulería teñida de negro, como si hubiera que arrostrar la pena para conocer la alegría. O tal vez ya había desembocado en el pozo de la tenebrosa seguiriya. Era precisamente este palo triste, el palo rancio, originario, que como campanadas se abre paso en la noche, el que primero invocaba al éxtasis, según era mi experiencia. Las tensiones del flamenco disparaban las mías.

Los personajes de esta escena estaban ¡Dios mío!, interpretando una bulería en medio de todo aquello. Tenían presente a Camarón, como yo. Estaban solos, también como yo. Me enamoré de inmediato de sus voces rasgadas, de su provocación. Eran justo lo que yo buscaba en la noche incierta, los devotos de aquello que todos parecían ignorar, que todos temían. Imagínense lo que sentí cuando los hallé como un hermoso regalo de la madrugada. ¡Eran típicos! Los arquetipos vivos que necesitaba yo, animal de raras obsesiones… Eran cinco. Estaban cantando, cantando por Camarón. Maravilloso. Eran los sacerdotes de esta misa secreta, los ecos del misterio de Camarón.

El rubio que cantaba era más joven que yo, de cuerpo menudo y cabellera a lo flamenco. Lo recuerdo con nitidez, aunque mucho de lo que sucedió en ese momento y en el desenlace fatal me resultó después imposible recordarlo. Vestía una camisa extrañamente oscura para el verano y lucía un majestuoso cordón de plata sobre el pecho. Días antes yo había estado estudiando si comprarme un cordón de ese tipo, pero no tenía suficiente dinero para hacerme con uno de oro. De todos modos, el brillo de la plata en la noche, más discreta que el oro, constituía la melancólica evocación de los oros que llevaba sobre sí el Camarón, sus esclavas, el reloj que casi le estallaba en la muñeca, los desmesurados anillos en los dedos finos y gloriosos, y el tatuaje de quinqui, de persona diferente, temible. Todo lo que relucía cuando movía las manos con duende, con verdadero arte, profiriendo sus mortales alegrías y sus tangos, los quejidos sublimes. Hacía casi tres años que había muerto. Pero, aun muerto, poseía la llave del enigma sagrado de la vida.

Supe que aquel círculo de quinquis era la antesala del paraíso y me aproximé con recogimiento. Eran cabales, gente cabal. Me sentí feliz y comencé a proferir "oles" llenos de pasión. Adopté la pose más flamenca posible. Palmeando con ellos el círculo resplandecía. Era natural que me consideraran de los suyos, porque yo de hecho lo era. Compartíamos alma. En aquellos años vivía en la bondad expansiva, en la fe de que todo era vencido por la amistad.

No veía el mal. Nunca. Solo vi sus melenas, las manos divinas y a Camarón.

Se hallaban entregados a la tarea de beber unos litros en medio del desprecio y el miedo que despertaban en los demás. Hice lo que sabía que debía hacerse con ellos, que era mostrarme como ellos, ser uno de ellos y hacer confiado lo que nadie hacía, porque preferían escapar y dejarme solo. Pero yo me quedaba donde podía leer la lenta escritura de los siglos. Del mar brotaba la niebla, del manso oleaje que rompía suave en el borde de la orilla, como una miniatura. Su candencia era, me dije, la cadencia ebria del universo.

Al principio ocurrió lo natural, lo que esperaba que debiera ocurrir. Lo que debería ocurrir siempre. Me acompasé con aquellos seres excelsos. Traté de expresarles mi profunda vinculación con Camarón y con la noche. Me invitaban a tragos pero miraban con extrañas miradas de hielo. Me vi sumido en un infinito bienestar. Les confesé que yo también era un producto de la marginación, un ser periférico que sufría con ellos. También yo, exclamé, sentía el dolor de los estigmas y sangraba. Insistí bastante en esto.

Parecían estudiarme. Les hablé de la noche y el éxtasis. Me contemplaban mudos, pero una mano me tendió una botella. Y por supuesto bebí. Después, retomaron una pose más natural. Había uno con grandes cejas que destacaban en el rostro flaco, tan pálido como el de un muerto. Era bastante alto, deduje, porque sus piernas lo acaparaban todo en la grada. Recuerdo, o creo que recuerdo, que irradiaba un aire distante. Me llamó colega y me preguntó quién era, dónde vivía, si estudiaba fuera... mientras una y otra vez me tendían la botella. En cierto momento, rularon porros. Yo di unas caladas, a pesar de no estar en absoluto acostumbrado.

Por fortuna, de nuevo hubo música. El muchacho rubicundo cantó un par de veces más, conmigo exultante a las palmas, jaleando. El alto sacó no sé de dónde una guitarra. Casi lloro cuando la vi. Con absoluta humanidad conversaban abiertamente sobre Camarón. Decidí creer en la plena felicidad. El rubio que cantaba también tenía la opinión de que Camarón había sido el cantaor más grande de todos los tiempos, un genio, un dios. Según evocaba el mito del aedo de San Fernando se fue exaltando y llenando de una pena que irrumpió, sin venir mucho a cuento. Me refirió que el gran cantaor seguía vivo para él. ¿Lo conociste? Pregunté atónito. Bueno, dijo, conozco a uno que pasó muchas juergas con él. Decía que invitaba siempre y que aguantaba muchas noches cantando sin parar. Y hasta Paco de Lucía aparecía a veces. El tiempo de todo aquello, pensé, era incierto y podía haber sucedido en la eternidad. El joven me contó además un secreto, que era que cuando más cansado estaba el cantaor, con la voz más quebrada, más ciego, después de noches enteras sin dormir y casi a punto de romperse, era cuando cantaba mejor, cuando todos esperaban escuchar la voz que salía de su cuerpecito.

De pronto le cambió al muchacho la expresión y comenzó a repetir que Camarón era el más grande mientras se le saltaban las lágrimas e incluso me abrazó y apoyó su cabeza en mi hombro izquierdo. Yo no supe qué decir. Él lloró, lloró de verdad hasta humedecerme la camisa con motivos de cachemira, muy grande, de una talla superior, que yo llevaba puesta aquella noche. Creo. Desde luego, yo era muy delgado. Y después de llorar sobre mi camisa, afirmó que yo ya podía decir que un flamenquito había llorado sobre mi camisa. Y me ofrecieron más bebida. Yo dije en algún momento algo que guardaba indeleble en la memoria: que Camarón llamaba la atención incluso en Nueva York, cuando caminaba por las avenidas de Manhattan, donde todo estaba lleno de seres extravagantes, pues, qué fuerte, insistí con los vellos de punta y soportando las ganas de ponerme también a llorar, hasta en Nueva York la gente se paraba y lo miraba, como si irradiara un halo especial, de genio... llamaba la atención ¡allí!, exclamé, en la mismísima Nueva York.

Entonces recordé una nueva anécdota buenísima, que me dispuse a contar: cuando murió Camarón, un mes de julio, me parece que del 92, unos colegas (decidí emplear esta palabra) fuimos a la playa, al paseo de levante, pero ya como yendo al burgos. Ya sabéis que hay chiringuitos. Fuimos parando en varios, por beber algo en cada uno, y resulta que en todos ellos sonaba el Camarón. ¡Todo el mundo había puesto discos de Camarón! Pero todavía mejor es que fuimos de los primeros en enterarnos de que acababa de morir, porque uno de mis colegas que iba por la mañana por el centro vio que alguien salía de una puerta de esas casitas con patio blanco, con un pozo, tipo antiguo, con flores, decía yo plenamente exaltado. Ellos intercambiaban de vez en cuando fugaces miradas cómplices, pero apenas se decían nada, salvo un par de veces que el rubio le dijo al alto algo en el oído y pude oír la palabra *julay*, que no sabía lo que significaba.

Contaba yo cómo mi "colega" había visto salir a uno llorando aparatosamente, con grandes aspavientos y cubriéndose los ojos, mientras se oía una voz que le gritaba que se volviera para dentro. Repetía el hombre que Camarón era un genio, un monstruo, el hombre más bueno y más grande que ha habido en toda la Tierra ni habrá nunca. Entonces mi colega, les continué contando a mis oyentes del anfiteatro, se percató de que había muerto Camarón. Tenía que ser así a la fuerza. Y al mediodía ya lo dijo la tele. Así, afirmé con solemnidad, nos enteramos muy pronto, casi los primeros de toda España. Entonces, otro de ellos, que fumaba sin parar, me invitó a que cantara. Nosotros te jaleamos para que cantes, dijo. Yo supe que se me ofrecía la oportunidad de ser quien era. Así que canté muy cerca del bien absoluto. Tan enfrascado estaba que ignoré sus siniestras miradas.

Cuando hubo terminado mi homenaje al Camarón, el alto, con repentina seriedad, me preguntó si les iba a invitar a más birra. Yo me palpé el bolsillo y dije que por supuesto. Les di todo lo que llevaba en la cartera, que miraron fijamente. Quedaron unas monedas que el rubio me reclamó, llamándome amigacho o ampare o algo de eso. Y ese reloj es muy bonito, cuánto te ha costado, ¿me lo prestas? No eran gran cosa, ni el dinero que llevaba ni el reloj, pero se los di con decisión, como si partiera de mí. Solo acerté a repetir el mantra que llevaba años repitiendo, que venía a decir que el tiempo ya no contaba y que por eso les regalaba mi reloj o, dado el caso, sencillamente lo tiraba o lo rompía a golpes. El alto se guardó todo en un bolsillo y sus ojos ya parecían bastante salvajes. Se hizo un absoluto silencio. Parecía haber cambiado la atmósfera, de manera inexplicable, como si hubiera muerto alguien. Quise mirar la hora, pero no estaba el reloj en mi muñeca, como es lógico. Me poseyó una oleada de ansiedad y decidí que tenía que ver a los otros, que ya era bastante tarde con toda seguridad (una vez más traté de ver la hora pero de nuevo me tropecé con el hecho de que ya no tenía el reloj). Así que con precipitación, algo nervioso sin saber por qué, balbuceé una despedida, me di media vuelta y me marché. Ellos no dijeron nada, me miraron irme rígidos, muy serios, sentados en las gradas arriba y abajo, como un diminuto equipo de fútbol.

Algo me dijo que me fuera de allí enseguida. Y me fui, tropezando un par de veces, hasta que les di la espalda para salir del anfiteatro. Me fui, escapándome, y respiré solo cuando iba por la primera calle en la que logré internarme, bastante oscura y solitaria. Pero alguien silbó detrás de mí. Alguien me llamaba. *Ampare, ¿dónde vas?* Giré la cabeza y los vi, sus perfiles se adivinaban en la oscuridad de la calle. Intenté correr pero me caí. ¿Dónde ibas? Me agarró de la camisa el alto, pero sin dejar que me pusiera de pie. Los demás eran, habían sido, como tres muñecos que solo palmeaban o daban golpecitos en el ladrillo de la grada, siguiendo el compás. Los palmeros perfectos. Uno llevaba unas gafas de metal grandes como una bicicleta, que a veces relucían y de las que solo me percaté ya tirado en el suelo cuando se me venía encima. Las gafas de alambre son lo único que recuerdo bien, lo poco que pude observar mientras empezaban a molerme. Traté de levantarme pero no me dejaron. A partir de aquí no me acuerdo mucho, pero sé que seguían con las patadas. Yo les preguntaba qué mosca les había picado, les recordaba que éramos amigos, que Camarón era un genio para todos nosotros, un dios. Y más fuerte me daban. En particular fue duro soportar la patada que recibí en la zona del hígado por una pierna muy larga y fina de alguien muy alto. El joven rubio me coceaba partido de la risa y repitiendo *julay*, miradlo, es un *julay*. Yo solo podía cerrar los ojos e implorar que aquello se acabara en algún momento, que se cansaran y pudiera escapar vivo. Decidí adoptar una posición fetal, protegiendo la cara con los brazos, como una cosa inerme y comencé a sollozar. Ellos golpeaban con increíble precisión, a lo que, visto desde fuera, ya solo era algo mustio que gimoteaba en el suelo. Hasta que algunos bebedores del anfiteatro también pasaron por allí. Los testigos no hicieron nada, realmente, salvo esconderse y espiar a salvo; pero se ve que mis agresores temieron alguna cosa o sencillamente se cansaron, por lo que, aunque no recuerdo nada más que golpes furiosos, se debieron marchar en algún momento. Y me dejaron profundamente decepcionado. Un brazo piadoso me ayudó a levantarme. De algún modo creo que me puse a correr (ya sin motivo), fuera de mí, como una liebre con los galgos detrás. Y después, tampoco sé cómo, me encontré en la comodidad segura de mi cama, sollozando hasta quedarme dormido.

Nunca he podido evitar hacer de todo una fábula. Y, para no variar, a la siguiente mañana, cuando aturdido abrí los ojos y sentí doloridos los huesos molidos, el tórax en una agonía, con pruebas de haber sangrado por la nariz y cubierto de rozaduras, inflamado uno de los codos, con cardenales e incluso con la huella de una zapatilla de fútbol dibujada con claridad en el costado, como unos días después observó mi médico, aquella mañana, digo, decidí que se me había regalado una lección de la providencia y que jamás volvería a tentar la suerte ni jugar con fuego (malditos sean los incendios, incluso los secretos). Nunca volvería a jugarme el tipo. Evitaría con inteligencia todo tipo de peligro. El destino me estaba enseñando cosas. Quizás que el éxtasis pertenecía a muy pocas personas, que no era democrático, sino elitista, y que la mayoría, aun receptivos a la grandeza de Camarón o de Beethoven o de quien fuera, compaginaba su devoción con la maldad. En efecto, el incendio era muy secreto, anónimo y desconocido, ínfimo. Pero como lo cortés no quita lo valiente, supe que mi obligación seguía siendo quemarme a fuego lento, abrasado por el éxtasis hasta las entrañas.

Borges y yo

*

La luz era diferente. Incluso lo que obedece a sus propias leyes fatales, lo que solo responde a inercias materiales, lo que existió antes del hombre y seguirá refulgiendo después: la luz… era distinta. ¿Es posible que cada década venga caracterizada por una luminosidad particular? ¿El universo físico distingue las décadas de un siglo, como hace la inteligencia de los hombres? Como es obvio, resulta ridículo conceder la menor credibilidad a esta hipótesis descabellada que mezcla la luz con las vicisitudes de la historia y de los tiempos del hombre. Y aunque así es, puedo asegurar que la luz en 1986 era distinta. En junio de ese año resplandecía con inocencia. Las reverberaciones sobre la gran superficie del mar en calma, la playa templada y bella, la tarde apacible, constituían un sereno esplendor. Los kilómetros de arena gris entre el Peñón de Gibraltar y la primera torre, mantenían un aire más grato y bellamente virgen que el que tienen hoy.

Era preciso para llegar a las aguas luminosas conducir despacio por una pista de tierra llena de baches, que paralela al mar, de norte a sur, dividía más de cien metros de arenal a un lado y una extensa zona de huertas y cortijos al otro.

El coche conducido por mi padre traqueteaba y daba inevitables saltos en su marcha. Yo tenía quince años en aquel mes de junio del 86, pero aquello de que se ocupa este relato había brotado en realidad un par de años antes, cuando yo ostentaba unos trece años. Aseguro que para mí hoy es obvio, a pesar de resultar falso e inexplicable, que la luz era otra. Más clara, más amarilla.

Mi padre aparcó en un rellano de los que había cada trescientos o quinientos metros. Todo el grupo familiar, con cierta somnolencia, caminamos hacia el mar. Éramos como el resto de familias que buscaban el punto donde instalar la sombrilla cerca de la orilla, y como ellas, nuestra marcha era pesada, entre cardos secos, juncos y la arena gris donde se nos hundían las chanclas. Una especie de ritual bíblico. Al mediodía el *pueblo* buscaba la costa en riadas de gente, y más tarde, cuando el sol se iba acercando al poniente, el éxodo afluía en sentido inverso, hacia el interior.

Yo iba concentrado en una sola obsesión. Mi cuerpo estaba nuevo, mi memoria se parecía a esa playa, vasta y vacía, y todavía estaba por extenderse con los asuntos que habrían de sobrevenirme; todo era para mí como metal bruñido. En silencio, iba dando vueltas a la noticia recién transmitida por la televisión de que Borges acababa de morir. Muchos años después he sabido las circunstancias de esa muerte e incluso, contado por su esposa María Kodama a un periódico de manera reciente, cómo pasó en Ginebra los últimos días de su vida.

A pesar de esta seducción temprana por la figura del argentino, no entendía ni medianamente siquiera uno solo de sus relatos de *El Aleph* y *Ficciones*. Captaba algo en ellos, pero lo que fuera me era difícil e inaccesible; aunque vislumbraba la promesa de una extraordinaria experiencia intelectual y estética. Aún no había leído un solo poema y menos un ensayo. Sabía el dato perturbador de que era un lector voraz, una enciclopedia viva, pero ciego y que nunca le daban el premio Nobel. El detalle de la ceguera fue la primera de sus "páginas" que supe leer. Una metáfora viva que, en sus propias palabras, tomaba por una suerte de ironía de Dios. En aquella tarde *sencilla* yo rebajaba a fábula esa broma de la providencia, cosa que él no hizo.

Creía lo que durante varios años seguiría creyendo: que se había quedado ciego de tanto leer. Supe a medias que le habían diagnosticado una enfermedad ocular y que solo podía detener el deterioro de los ojos si dejaba de leer, prescripción que no quiso cumplir hasta sucumbir fatalmente a la ceguera. Un destino en realidad heroico, me parecía.

Mi idea fija era compartir esta noticia con el amable Félix que ya esperaba en la orilla a que llegásemos, un hombre que había aparecido hacía poco en mi mundo, por un cierto vínculo familiar. En las conversaciones que desde un par de años antes tuvimos sobre arte y literatura, yo había sentido arder la realidad, como si toda ella fuera la bíblica zarza ardiente.

Unos años atrás, Félix me había prestado el primer ejemplar de un libro de relatos de Borges que he tenido en mis manos. Estando algún curso por debajo de lo que entonces era segundo de B.U.P., quizás todavía en la enseñanza primaria obligatoria, la E.G.B., y después de haber leído otros autores clásicos, me puso en las manos este ejemplar. Era también verano, pero de 1984, y estábamos en esa misma playa. Recuerdo que me advirtió que cuando me topara con algún fragmento en latín, se lo mostrara para traducirlo. Yo, con la ingenuidad de la edad, sin siquiera concebir cómo funcionaba una lengua con declinaciones, creí que podía adivinar la traducción por el léxico y me envalentoné. Cándidamente le informé de que podía leer el latín, cosa por supuesto falsa, por mucho que yo me lo creyera. Así que él, de todos modos, asintió pero de hecho atisbaba con disimulo sobre mi hombro lo que yo iba leyendo y si distinguía alguna frase o parrafada en latín, me la traducía.

¿Qué demonios eran aquellos cuentos? No había leído nada igual. Solo, un poco antes, los relatos de Cortázar, que también me habían parecido raros e insólitos. Forzando las interpretaciones y sin entender demasiado, procurando hallar un sentido en tales textos, desconcertado, se puede decir que leí a Borges… casi.

Recuerdo que la estructura lógica de alguna trama, Félix me la intentó explicar dibujando con una caña en la arena mojada de la orilla. Fueron mis primeras lecciones de lógica que, debo confesar, tampoco llegaba a comprender del todo, con aquellos curiosos signos pintados en la arena, amenazados por el mar en cada ola.

Traté de entender lo que leía y durante años no lo entendí. Aunque ningún relato, incluso los de Borges, están escritos para entenderse como si debieran albergar un mensaje o moraleja. La cosa en el arte no va así. El relato puede ser más o menos comparado con una constelación *sencilla* que o se ve o no se ve, pero en todo caso es algo que está ahí, puesto para ser visto o ignorado. Pero nunca es una fábula. Lo que ocurría es que yo, "ciego" más que Borges, no podía ver las elegantes e irónicas reverberaciones cultas de su estética. Solo al empezar a estudiar filosofía fui vislumbrando algo, aunque antes pasaron unos años entre la tarde de su muerte, en 1986, y mi ingreso en la universidad, en 1989. Unas hermosas "complicaciones" con los temas, una "frialdad" que incendiaba. A mi manera, fui también un bibliotecario que amaba y buscaba a los libros sin ser capaz de leerlos.

Félix me contó también que Borges era eterno candidato al premio Nobel pero no se lo concedían por una vaga razón política. Este hombre, que era abiertamente de izquierdas, se esforzó en que me diera cuenta de que las ideas sobre política que manifiesta un escritor no debían impedirme leerlo. Era preciso no perderse a Borges, por muchas tonterías que dijera sobre la política. A mi manera entendí una verdad que he mantenido toda mi vida: que un genio como Borges puede no estar a la altura de su genio en las cuestiones prácticas.

Recientemente, leyendo el texto de uno de sus muchos cursos que permanecían inéditos y que yo no conocía (creía haber leído toda su obra cuando me lo encontré hace poco en una librería), texto que trata sobre la poesía y el compromiso, el propio Borges viene a afirmar que el poeta debe ejercer una adoración por la belleza, sin preguntarse nada más, incondicional; es decir, sin que el arte deba reducirse por obligación a fábula (típico error, he señalado supra, de adolescente). Es primero la purísima emoción que nos indica el buen camino, no moral, sino estético. O sea, que para hacer algo artísticamente logrado, hay que someterse al arte sin reclamarle nada. Después, acaso, pueda sobrevenir el compromiso político en los mismos textos, pero como un segundo momento advenido, si es el caso. Sea lo que sea, el poeta no debe forzar ni empeñarse en promulgar un mensaje.

Digo que creía haber leído todo de Borges pero que nunca acabo de encontrarme textos nuevos. Quitando sus ya tan conocidas obras mayores, casi todo Borges es textos menores. Agotó cientos de páginas comentando con bella precisión pero parquedad, a otros autores. En gran parte, su obra completa se compone solo de "sencillos" prólogos. Es más, su obra, al menos la que le hizo merecedor del Nobel que nunca tuvo, fueron dos breves libros de relatos, acaso otros dos de ensayos y un puñado de poemas que caben en un volumen de extensión mediana.

Más tarde sí aprendí por fin el latín, leí bastante más, en especial clásicos de la lengua española (entonces, lamentablemente no se estudiaba la literatura universal en el Bachiller) y profundicé en el disfrute, en definitiva, de la literatura. Fue, pienso haciendo balance, un privilegio pero también un error el haberme codeado como lector con los gigantes. Porque los clásicos, que son los textos que nunca defraudan, que han pasado la prueba del tiempo, los que seguro te van a regalar algo sublime y muy valioso, pueden contagiar una cierta enfermedad platonizante. Así, por este sesgo, la literatura se concibe como si solo valiera la intemporalidad de las obras *inmortales*, lo cual es una falacia, ya que ninguna obra literaria es intemporal. Se busca una escritura pura, paradigmática, canónica o arquetípica, en imitación de lo que los clásicos suponen para uno hoy (no en su época, claro). No es posible ni recomendable aspirar a semejante Olimpo cuando se escribe. Simplemente porque nadie puede escribir así, obligándose a dejar una supuesta huella imborrable. O se disfruta de verdad o no hay arte.

Borges es propicio a extremos de elevado platonismo y en el otro extremo, infiernos de malevos, de sangre, de duelos a cuchillo, infamias, batallas, vidas brutales y sórdidas que aparecen también en su obra. Es donde habita el *cuerpo* de los hombres, un mundo despojado de ser, pero que haciéndose más infierno (devaluándose ontológicamente) puede invocar paradójicamente en un giro magistral el cielo de las ideas *o el ser*.

Retornando a mi relato, es preciso confesar que no acerté a avanzar mucho más en lo que "quería decir" Borges, pero a lo largo de los años de mi bachillerato, hasta 1989, de vez en cuando lo releía y me sorprendía hallar nuevos relatos asombrosos, con algo en ellos que me resultaba por un lado inaccesible, pero también una suerte de invitación a lo que Lázaro Carreter, en su inolvidable manual de Literatura para bachilleres, describía como un vértigo metafísico.

Félix me subrayaba siempre dos relatos en especial: *El Aleph*, que solo pude leer cuando me hice con un ejemplar del libro de cuentos con ese nombre. Me definió la idea del Aleph como un punto en el universo donde se ven las cosas como las vería Dios, en una simultaneidad eterna, todo concentrado, todas las perspectivas, todos los tiempos, caras, figuras e instantes, todos los seres en definitiva, incluso los imaginados y maravillosos, las fábulas…algo así como la memoria de *Funes*, protagonista de otro conocido relato, que es incapaz de ver síntesis y sustancias, pues al recordarlo todo de manera prodigiosa no puede sino percibir accidentes. En el Aleph esto sucede también, más o menos, pues se postula que la memoria infinita de Dios obraría de este modo exorbitante. Y Borges, con este recurso literario, emprende nada menos que la *pormenorizada* descripción del universo. Despliega la enumeración carnal y *simbólica* de los entes a través de sus accidentes, tan exhaustiva que disuelve a los propios entes, como logra también, hemos señalado, la prodigiosa capacidad memorística de su otro personaje: *Funes el memorioso*.

Leamos, pues, al propio Borges en uno de sus párrafos más sobrecogedores. Pocas veces la palabra llega a esta intensidad, a este incendio (¡¡cómo puede decirse que la prosa de Borges es fría, por favor!!) y confieso que son líneas que me causaron entonces y aún hoy, cada vez que las releo, una fortísima emoción. En ellas, unas dos páginas en octavilla, se lee la enumeración de todo lo contenido en el Aleph, o sea, el universo. Una enumeración que aspira a nombrarlo todo. Citemos solo su final:

"(…) vi la reliquia atroz de lo que deliciosamente había sido Beatriz Viterbo, vi la circulación de mi oscura sangre, vi el engranaje del amor y la modificación de la muerte, vi el Aleph, desde todos los puntos, vi en el Aleph la tierra, y en la tierra otra vez el Aleph y en el Aleph la tierra, vi mi cara y mis vísceras, vi tu cara, y sentí vértigo y lloré, porque mis ojos habían visto ese objeto secreto y conjetural, cuyo nombre usurpan los hombres, pero que ningún hombre ha mirado: el inconcebible universo.

Sentí infinita veneración, infinita lástima".

Es difícil leer estas páginas sin sentir una intensa desolación y al mismo tiempo euforia. Emerge también un inexplicable sentimiento de piadosa gratitud y hasta una justificación. Uno se queda tambaleándose. Hay en ellas la afirmación de algo no dicho, pero invocado en la exaltada y triste enumeración que se añade, también, al universo que describe, como una de las más conmovedoras líneas de la literatura universal. Yo en mi adolescencia lo entendí como una especulación acerca de cómo podría ver el universo el ojo de Dios; como un punto intemporal donde confluyen todos los tiempos. Y de algún modo, todo es salvado por quien lo mira eternamente y lo guarda en su memoria.

También leí en los años mozos el relato titulado *El inmortal*. Félix me advirtió riendo que después de leer ese relato se le quitan a uno las ganas de ser inmortal. Como se diría en la filosofía, no podríamos ser individuos ni personas si fuéramos inmortales, pues nos confundiríamos fantasmalmente con la especie, con el universal o con la nada más descolorida. Hay mucho que decir de estos dos relatos, en cierto modo complementarios y antagónicos, pero no deseo desviarme de la intención original de estas letras, que es la de esclarecer cómo operó formativamente (pedagógicamente) el deslumbrante contacto con un sol que en su cenit nos ilumina y moviliza, pero también nos abrasa.

Escogeré solo un par de momentos significativos más, de otras etapas posteriores, en los que la subjetividad de quien escribe estas líneas ha tratado de mirar y acercarse a ese sol peligroso.

El eco de aquellos días de playa perdidos en los ochenta, los instantes que solo un Aleph podría rescatar, perdura y ha seguido modulando mis posteriores encuentros con la literatura de Borges y con toda la demás. Una suerte de paisaje de otra década ya muy distante, con una luz distinta, a donde se siguen remitiendo, con cierto anacronismo por mi parte, las páginas de Borges que vamos releyendo mientras nos consume lentamente la muerte. Pintamos un paisaje que solo existe en el recuerdo inasible y quizás en los abismos del subconsciente.

Solo creo necesario todavía hacer una breve pausa para aclarar que de algún modo, Borges fue la razón de que estudiara la carrera de Filosofía. Lo primero que supe de la filosofía fue su belleza. Como existe en los textos de Borges. Pero no menos fatalmente, se cruzaron en aquellos años últimos de los ochenta la novela y la película *El nombre de la rosa*. Ahí estaba también el argentino, desde el prisma no menos irónico y hasta burlón de Umberto Eco. El bibliotecario ciego que vela en la biblioteca del monasterio se llama Jorge de Burgos, en escolástica pugna con los nombres. Pero sobre todo estaba la presencia de ese paraíso y laberinto de los libros, que los hombres solo pueden fatigar accediendo a unos pocos en la breve existencia y perdiéndolos casi todos. Copias de copias de copias, como una letanía. Un pathos religioso que sumar a la mera belleza, una trascendencia de lo bello.

Supongo que de algún modo ya buscaba a Platón, anticipándolo, falseándolo y amándolo. El paseo por la filosofía iba a ser, esperaba, como los cuentos de Borges o el bello sofisma del nombre de la rosa que trata de abarcar, falazmente, todas las rosas. La rosa de Paracelso. Una épica de la razón y un éxtasis en el que ganarlo todo y perderlo todo.

En los cinco cursos de mi licenciatura, empecé a releer los relatos de Borges, retomándolo, pero solamente lo que había leído en la adolescencia. Continuó suponiendo un gran desafío que no dejaba de desconcertarme. Las páginas elegantes, serenas, precisas, del gran escritor se tornaron para mí, erróneamente, en una suerte de exposición de alguna filosofía. Esa fue la mayor de las herejías que he profesado: considerar que la filosofía busca fundamentalmente lo bello, que consiste en la desinteresada búsqueda de la belleza.

Leía y leíamos los estudiantes de filosofía a Borges como si fuera una especie de joya alucinante. Sus textos formaban parte de un lenguaje de ángeles, del heroico y mágico esfuerzo de descifrar el universo. De la escoria y el carbón al diamante.

Reunidos en la cafetería de la Facultad, en el curso ya postrero de mi licenciatura, en cierta ocasión salió el tema de Borges. Recuerdo que alguien resaltó la hondura y belleza de sus poemas, que densificaban lo dicho en los relatos y lo expresaban de manera más concentrada aún. Era el autor que nos gustaba a todos. Yo había descubierto también por entonces el relato *Tlon, Uqbar, orbistertium* (espero haberlo escrito bien) que me produjo la sensación de que esclarecía muchos de los temas. Me extrañó no haberlo leído antes, llevado por las charlas con Félix.

Pero tarde o temprano hube de comprender con lástima que Borges no era, propiamente, un creador de sistemas filosóficos ni tampoco de filosofías más o menos posmodernas; es decir, no era un filósofo. Pero me habría entusiasmado que lo fuera y que la filosofía fuera así, como Borges, y de hecho lo creí mucho tiempo. Debo, no obstante, confesar que a veces sigo reclamando obscenamente a la filosofía que sea como los textos de Borges.

**

Hace poco se han sabido las circunstancias de la muerte de Borges, que ilustran en gran medida cómo era. Contaré lo que sé a partir de la declaración de su viuda María Kodama, que puede consultarse en la reciente entrevista publicada en un conocido periódico. Yo en su momento la leí y supongo que al lector de estas líneas le ha de bastar una sencilla búsqueda en Google para localizar esas palabras y confirmar la autenticidad, aunque me temo que ya marchan por ahí solas y sin dueño.

Kodama señala que Borges supo que estaba desahuciado más o menos una semana antes de fallecer. Quiso pasar los últimos días en Ginebra, ciudad que adoraba. Lo decidió por el apego que sentía hacia ella, pero también, según Kodama, para evitar el acoso periodístico que se podía formar en Argentina en torno a ellos. Así que para no convertir su muerte en un espectáculo, se retiró a una discreta casa en Ginebra, que es donde se halla enterrado.

Mientras tanto, o sea, mientras se moría, aprendería una lengua nueva. Pensó primero en el japonés, pero no encontraron un buen profesor. Por supuesto, para Borges ser profesor de un idioma, como él lo fue de la lengua inglesa, implicaba necesariamente imbuir al alumno en su literatura. Porque, seguramente, pensaba que no se toca la esencia de un idioma sin conocer su forma estética ni lo que da de sí, la fibra que alberga, ni dejando de impregnarse de su excelencia. Cuando un idioma es más él mismo, en su especificidad, es cuando más se trasciende a sí mismo. La búsqueda del decir preciso y bello hace extraer su mejor néctar.

Pero difícilmente se encuentran entonces y ahora profesores que tengan esto en cuenta. Por lo menos, en aquellos días urgentes no lo encontraron de lengua japonesa.

Borges buscaba en sus últimos días algo que no dejó nunca de apreciar: una lengua y literatura periféricas desde el punto de vista occidental y que de hecho Occidente haya ignorado. O una lengua muerta, lo que tiene en realidad un "efecto" parecido y para el caso es casi lo mismo. Es decir, no solo importa captar en su profundidad un idioma, sino el hecho en sí de atreverse con un modo extraño de literatura. Se trataba de relativizar el canon occidental y seguir viajando intelectual y estéticamente. En gran medida creo que por esto Borges se había embarcado a lo largo de su vida en el estudio del anglosajón, del islandés y las sagas nórdicas, del latín (curiosamente apenas supo griego antiguo), de todas las formas modernas y antiguas del gaélico, del inglés, del francés, del alemán, del italiano… Seguramente leía también portugués, catalán, provenzal, etc. Pero sobre todo manifestó una especial deferencia con las literaturas no europeas de la India, China y Japón, o con el hebreo bíblico (y la literatura de la Cábala o el Talmud), cuyos idiomas no conoció, pero sí sus literaturas en distintas traducciones.

Además de las citadas, había otra lengua de particulares resonancias para él. Se trataba del árabe clásico. A menudo sus cuentos o microrrelatos de libros como *El hacedor* se desarrollaban a partir de ideas, regiones, autores y obras escritas en árabe. Compuso algunos famosos ensayos y una conferencia sobre las primeras traducciones de *Las mil y una noches*, extenso libro que adoraba, aunque según cierto amigo del autor de estas líneas, gran estudioso y profesor de árabe, el extenso y conocido libro de cuentos parece haber sido obra de orientalistas de influencia occidental y no tanto de verdaderos escritores de lengua árabe. Por ejemplo, me señala, el caso del gran califa Rachid, que fundó en Bagdad una especie de universidad anterior a las universidades de la

Europa cristiana, hacia el siglo IX, llamada "Casa de la Sabiduría" y cuyo modelo imitaron en Europa proyectos culturales como la Escuela de Traductores de Toledo fundada por Alfonso X el Sabio. En *Las mil y una noches* aparece el califa Rachid nada menos que como el terrible esposo de Scherezade, a quien esta va relatando el libro para prolongar su vida. La persona histórica de Rachid, me indica este colega, fue a todas luces muy distinta del soberano pendenciero, mujeriego, frívolo que pintan *Las mil y una noches*.

Lo arábigo, pues, fue admirado por Borges e incluido en sus obras. Recogió y literaturizó, entre otros elementos, la concepción fatalista del destino inexorable que está escrito para cualquiera de nosotros; el álgebra y la alquimia; el vasto desierto que para un rey beduino equivale a un laberinto sin muros ni puertas; la teología y las verdades intemporales; la eternidad del Corán, atributo de Dios; las caravanas y las travesías; la metáfora del éxtasis en el vino; las leyendas sobre demonios y genios e incluso el nombre que Borges da al mismísimo Aleph, la primera letra del alifato.

Cerca de Tánger también, aunque en época romana, halló el legionario protagonista de su relato *El inmortal* las aguas que lo tornaron inmune a la muerte; y no pocos de los sabios presentes en sus ensayos y cuentos hollaron las arenas de Egipto y sus pirámides, las de Arabia, las de Mesopotamia… o insinúa algún otro relato el motivo árabe de la búsqueda matemática y geométrica de lo eterno mediante la infinita repetición de patrones y trazos entrecruzados como en los azulejos de la Alhambra. En el despliegue de la ciencia, en el bosque de columnas de la mezquita cordobesa, en la simetría de fuentes y jardines del Generalife, está prefigurado el Paraíso.

No obstante, Borges no se había aproximado de verdad a la lengua árabe. Fue en Ginebra durante los días postreros de la agonía, cuando Kodama halló precisamente a un erudito egipcio, profundo conocedor de la literatura y de la belleza de su lengua, un hombre culto y valioso pedagogo. Kodama le refirió las circunstancias de su futuro alumno, pero no el nombre.

Cuando este hombre, ya dentro de la casa que ocupaban el escritor y su esposa, se percató de que su alumno iba a ser Borges, nada más verlo rompió a llorar y reprochó cariñosamente a María Kodama no haberle especificado que se trataba de enseñar árabe a Borges.

Parece, según cuenta su viuda, que los siguientes días, más o menos una semana de aquel verano incipiente de 1986, Borges aprendió los trazos elegantes de las letras del alifato, en sus cuatro formas, dibujadas en la palma de su mano por el profesor. Al mismo tiempo se adentró hasta donde le alcanzó el aliento en la compleja gramática llena de matices (muchos intraducibles) del árabe clásico. Comentaron y leyeron poemas.

Había pedido ser enterrado en Ginebra. No se sabe nada de sus ultimísimos instantes, pero de lo que se conoce a medias o se intuye, creemos que profesó su estoicismo hasta la muerte. Esto, hemos señalado, ocurría aquel junio de 1986 con el que he comenzado este relato. Sentí la ausencia de Borges entre los vivos. Era el tiempo del otro Borges, el de los libros, el que acapara hoy su memoria confundiéndose con el que reposa en Ginebra bajo un verso de alguna saga islandesa o sajona. Pero aún el Borges de los libros se torna otro del otro en mi memoria. Y es este Borges platónico, pero replicado por infinitos espejos, con el que hemos dialogado a lo largo de cuatro décadas. Soy consciente, no obstante, de cuánto ironizaría él con las palabras tópicas que acabo de proferir, vertidas en un párrafo que peca de sentimental y que sigue confundiendo un Borges con el otro. Por lo visto, y se comprueba en algunos reportajes y entrevistas, era un hombre divertido y de bastante buen humor. En realidad, siempre estaba bromeando.

Volviendo a mis últimos años de licenciatura, hacia 1994 más o menos, tomé muy en consideración el consejo de aquel amigo estudiante de que leyera la poesía de Borges. Algunos poemas y, como siempre, sus relatos, fueron leídos o releídos por mí cuando habitaba la gran casa, la especie de mansión con varios niveles, jardín dejado de la mano de Dios y con un sótano como una cueva con una gran y perturbadora cadena colgando del techo. En ella se celebró la sesión de espiritismo que he relatado en otro escrito. Pero este es otro asunto.

En el jardín asilvestrado, donde había un pequeño granado que al mostrar sus frutos en otoño parecía un duende, releí a Borges y a los que hasta entonces habían sido mis clásicos favoritos. En realidad declamé para mí mismo con furia. La poesía: Garcilaso, Fray Luis, Jorge Manrique, San Juan de la Cruz (místico del que un profesor irlandés franciscano con su hábito monacal trató de leer algunos versos en un español irreconocible, cuando pasé un curso en Irlanda… pero esta es otra historia). Por supuesto, releí todo lo que encontré de la obra poética de Quevedo.

Quizás fue la época en que me ocupé con mayor fruición, en medio de dudas y abismos existenciales, de muchos de los poetas castellanos, en especial del Siglo de Oro. Fue en gran medida un agridulce reencuentro con ellos. También leí casi toda la Biblia en la rancia y cargante traducción de Nácar-Colunga. Concretamente un viejo volumen heredado de mi familia. Y tropecé a menudo con el *Eclesiastés*, que me hacía llorar.

Para nuestro relato resulta un dato significativo cómo se colaron una vez más los cuentos de Borges, que comencé a releer con contenida devoción; pero también comencé a sospechar que el escritor argentino tenía otras obras diferentes de los muy mencionados y conocidos libros principales de relatos. Fue entonces cuando comenzó (aunque se iría consumando vivamente en el nuevo siglo) mi etapa fetichista, la del fetichismo hacia Borges. Su *gnosticismo* me impregnó, es decir, la hipótesis de que existe una herida en el mundo y que de hecho el mundo existe porque existe esa herida. Santidad y pecado, como en la biografía de San Agustín (cuyas *Confesiones* leí también envuelto en lágrimas en esa rara primavera de 1995), se dan la mano en las cosmovisiones de los gnósticos del Siglo II. Fue quizás Simón el Mago, el heresiarca, el que se paseó por el Mediterráneo en un trirreme acompañado de una sacerdotisa que había rescatado de un burdel de Tiro.

Inmerso en especulaciones *gnostizantes* avancé en los noventa del siglo XX. Es preciso concretar que dichas especulaciones *à la* gnóstica no fueron jamás escritas, por fortuna, y solo se dieron como repentinos éxtasis seguidos de furiosos ataques de arrepentimiento, pecado y culpa. Siempre embargado por una inflamada ansia de redención, sentía sucederse los cielos y los infiernos. Pero esa tempestad que me asoló derivó en dilemas y agonías muy concretas. Por ejemplo, la turbulenta decisión entre hacerme fumador empedernido o dejar para siempre el tabaco. También supe del vértigo de mirar mi propio antebrazo con la absoluta convicción de que un día será ceniza. O el trance de experimentar la euforia de alguna copita de más, para después padecer la travesía en el desierto de la resaca. No puedo sin embargo decir que sufriera, o por lo menos, que sufriera en serio. A menudo subía y recorría el Albaicín granadino como si fuera el páramo de los padres anacoretas. Esperaba en mi fuero interno que los cielos se abrieran y tejieran en mí las respuestas a todas mis dudas o que me abrasara el incendio de alguna profecía sobrecogedora. Ciertamente puedo ahora reírme de estos duelos porque siento que quien los protagonizaba no era quien escribe estas líneas; no era yo e incluso diría que es imposible que yo hubiera sido alguna vez ese joven. Es verdad que lo recuerdo, pero sin acabar de reconocerme en él.

No hubo una variación importante en un par de años adentrados ya en la segunda mitad de los noventa, más allá del progresivo prestigio que para mí adquiría cada vez más la literatura de Borges. Quizás la observación más pertinente sobre aquellos años de mediados de los noventa sea que me consagraron en la devoción borgiana que he profesado toda mi vida. Los cuentos comenzaron a formar parte de mí, lo que técnicamente quiere decir que me formaron estableciendo un cierto canon de escritura y de vida.

Por algunas circunstancias que no vienen al caso, hacia 1997 me instalé en Ceuta. Resumamos en dos hechos fundamentales aquellos años ya finales del siglo XX:

prosiguió la tempestad gnóstica entre la exaltación y el abismo; y conocí a Casimiro, de inolvidable nombre. En aquella época, aunque era profesor, vivía como un estudiante, es decir, en un piso compartido con otros profesores y empleados de la Universidad.

Casimiro había leído mucho. Más que yo, desde luego. El doble, quizás. Solía atender callado en las reuniones, pero cuando decidía explayarse, brotaba de él literatura pura. Este amigo decidió, nunca he sabido del todo por qué, comprarse la obra completa de Borges para prestármela y que yo la leyera. En aquellos años la acababa de reeditar la editorial Alianza, en colección de bolsillo. Un conjunto de libros que contenían todo Borges, solo que, como ya he dicho, la mayoría de sus obras son textos muy breves y su obra completa apenas ocupa espacio en una biblioteca. Es asombroso, porque es en ello donde se justifica el Nobel que ganó extraoficialmente, en el corazón de todos sus lectores. No es una obra cuantiosa. De hecho, la anterior edición, me parece que en Emecé, constaba solo de cuatro volúmenes que otro colega prefirió comprar para ajustarse al hueco que tenía preparado en su biblioteca para el argentino. Cabían mejor.

Comienzo a entrever que la obra de Borges, su verdadera creación es todo lo que sus discípulos admirados estamos contando de él. Porque Borges apenas escribió, si lo comparamos con cualquier otro grande de la literatura. Aunque es verdad que hay otros autores de una sola obra o dos, como Juan Rulfo, que yo pueda recordar ahora. Pero el caso de Borges es extraño. Me había comentado ese otro amigo que compró la obra completa de Borges en cuatro volúmenes, seguramente en Emecé, que penden dos graves axiomas sobre Borges: 1ª: que era un genio, uno de los más grandes escritores del siglo XX y de la literatura universal; 2°: Casi tres cuartas partes de su obra es pura morralla.

Me sentí mal al oír aquello, que lo profanaba y que recibí como una bofetada al espetarlo sin reparos mi amigo. Pero la evidencia manda y resulta que Borges había decidido ser un "simple" comentarista de otros y un autor de reseñas o notas a pie de página, desde una posición fundamental de lector, antes que de autor.

Así pues, con una sensación extraña, ante la escasa obra completa de Borges apilada en una mesa formando tres pequeñas torres, constaté que eran muy pocos libros y que, en efecto, casi todos eran prólogos, comentarios, conferencias o breves notas sobre otros autores. Sin embargo, aquellos libros de bolsillo parecían iluminar la habitación entera, se diría que demandaban a uno que gravitara en torno a ellos, como un planeta rodeando a la incandescente estrella. Sentí inflamarse mi curiosidad hasta el extremo. Allí estaba, como jamás lo había visto, el completo espejismo literario que era Borges.

Por primera vez abordé la tarea de leer absolutamente todo. Sin saber por qué, Casimiro, que se sabía de memoria los comienzos de decenas de novelas, me había proporcionado la posibilidad de leerlo entero por primera vez. Tal vez fue un acto de compasión. Desde entonces, los libros esenciales de *El Aleph* y *Ficciones* los habré releído unas diez o quince veces, pero además se sumaron otras obras de etapas anteriores y posteriores al gran mediodía de sus dos libros capitales.

Hasta el momento había supuesto para mí un misterio qué otras cosas podía haber escrito Borges. Así a primera vista, Borges era el autor de estos dos libros de relatos a los que no paro de referirme, pero, propiamente, solo suponen una parte de Borges, una de las diferentes formas que existen de Borges. Quizás estaba ya prefigurado en su obra narrativa anterior o en los poemas, incluso en poemas no suyos. Ahora, a años luz de aquellas jornadas ceutíes, sé que sí. Pero en aquellos días leí perturbado y molesto su obra de juventud *Historia universal de la infamia*, sin comprender mucho qué era exactamente. Es curioso porque acabo de conocer por alguna entrevista en *youtube*, que para Roberto Bolaño este fue un libro fundamental.

Historia universal de la infamia adopta una perspectiva descarnada y sórdida. Es pura narración seca, brutal. A años del primer shock que supuso esta obra compuesta también de relatos semibiográficos, hoy creo que en ella se manifiesta el polo miserable de las cosmovisiones gnósticas y neoplatónicas. El mundo y la existencia terrenal como despojo, el tópico del cuerpo como sepultura, la quevedesca sucesión de difuntos que somos cada uno pero también sus bromas hoscas. Porque Borges solo postula lo que yo me había tomado obscenamente en serio durante mis paseos entusiastas en el Albaicín. En realidad, como bien supo Borges, no se trata de la cuestión acerca de si es o no cierto el tenso dualismo de estas concepciones. En realidad no hay nada cierto en ello y Borges profesó el gnosticismo por escepticismo, pero sobre todo por ironía.

Es como si Borges se acogiera a estas cosmovisiones del siglo II por su belleza y oportunidad interpretativa, como una forma de hermenéutica cuyo fundamento y primer valor buscado en la obra fuera su valor estético, el ser bella. Quizás, persiguiendo lo bello se va movilizando el mundo y embelleciéndose. Desde lo bello coincidente con la razón, el alma platónica mira el mundo, que se bifurca entre los polos puros de lo divino, por un lado, y de lo profano, del *resto* que hay que salvar. Así que no estaría bien esbozada la concepción dualista con la que juega el argentino si no mostrara el mundo en su crudeza, el mundo que anhela salvación, el mundo como algo prosaico, duro y cruel (la épica se alimenta de ambos polos y es, realmente, ambos polos de lo divino y de lo humano). Hoy gusto más de este horrendo tropel de infamias en el que se aprecia al Borges que estaba por venir.

También en aquellos días ya de 1998 y 1999 descubrí *El hacedor,* con textos breves que he ido casi aprendiendo de memoria desde entonces. En él se hospedan los poemas que suelo leer en mis clases y pasajes inolvidables, como el que pinta la nada de Shakespeare, como acaso la de Dios, en una Creación condenada a desaparecer y a ser una mera sombra o ni siquiera nada. O el tumulto de la civilización que brota de Homero, quien ciego también, sustituye el mundo inmediato visible por el otro donde habitamos para ser, el de la palabra y el mito. Con los años han ido adquiriendo más sentido estos brevísimos textos y diría que incluso se han convertido en las claves esenciales de un escepticismo esteticista. Cierro los ojos y sueño, para que vuelva a mi alcance la imagen profana de un río de coches en una gran avenida porteña, que se transforma en el triste Aqueronte que separa al poeta de una amiga que lo cruza alejándose de él. Ella saluda desde el otro lado y se despide, para ser tragada por la muerte. Ese mismo río del olvido, o algún afluente, cruzó entre las orillas de uno y otro siglo. Entre uno y otro siglo el olvido y la proximidad del tiempo en que uno sabe a todas luces que la vida no va a durar eternamente, que el tiempo pasa de verdad y que ya hay bienes que no se van a obtener jamás. El nuevo siglo propicio al sentimiento de lo viejo, paradójicamente agudizado por lo nuevo apabullante.

***

Lento en mi sombra, enciendo la *Smart TV*. Hace muy poco tiempo he aprendido que la tele se puede conectar con el *router* vía WIFI, de manera que es posible ver en ella vídeos o series en *streaming*, o sea, que ya puedo disfrutar de los audiovisuales con la alta definición del televisor. El festín, me digo, va a ser copioso. Y como un premio al finalizar el día, empiezo a disfrutar de las entrevistas a algunos escritores que me interesan, que están alojadas en *youtube*. Me instalo, pues, para mirar y escuchar la tele en la penumbra, abrazado por miles de libros que acumulo en casa, libros que compro sin parar y que van invadiéndome silenciosamente copando habitaciones enteras. A la mayoría nunca los leeré. Supe el otro día que Borges aun habiéndose quedado ciego hacia los cincuenta años (el comienzo de su mejor época, la de la redacción de los grandes libros de relatos y poemas) compraba libros sin parar y él sí podía afirmar con toda la razón que no iba a leer uno solo de ellos. Le gustaba sentirlos cerca, acariciarlos, olerlos. Él pudo hacer muchas cosas, como viajar y seguir leyendo o escribiendo porque tuvo ojos de otras personas que le ayudaban o simplemente porque tenía una gran memoria. Le ayudaron su madre Leonor, su esposa María Kodama, sus amigos, sobre todo Bioy Casares, al que escuché contar cosas sobre él y Borges, en una conferencia en Granada, en torno a 1995. De esta conferencia recuerdo que capté la sensación de plenitud, de vida lograda, de gozar de una existencia espléndida en la que se incluía su amistad con Borges. Fui a escuchar a Bioy como espejo de Borges, a que me mostrara a Borges, fallecido casi diez años antes, o al espectro de Borges. Más tarde he podido leer a Bioy, que es un escritor extraordinario, con magníficos relatos y novelas de género fantástico, de los que se suele citar con razón *La invención de Morel*.

Roberto Bolaño, Borges. La presencia del anciano ciego con voz balbuciente, que apoya las manos sobre el báculo indeciso, resplandece con timidez. Hay en él algo de juglar de la filosofía o de la literatura. Compone una figura débil, quebradiza, vestido con un gusto elegante y clásico, con traje de chaqueta del tono adecuado y corbata a juego. Se hace un poco difícil distinguir lo que dice. Comparte mesa con otros escritores de España, México y Venezuela, en una tertulia organizada por la televisión pública mexicana a principios de los ochenta o quizás al final de los setenta.

El autor venezolano que participa trata de vincular la poesía con la realidad en la que brota, histórica, cultural, económica. Afirma que es imposible escribir desde fuera del *propio* tiempo, del tiempo colectivo y concreto que uno habita, del tiempo como época, como destino. Por eso, quiéralo o no, el poeta escribe a personas de carne y hueso como él mismo, muy próximas, inmersas en un lugar y tiempo concretos, lo que implica que puedan estar tristes, enfermas o hambrientas. Tiene un cierto *compromiso* con los lectores y la gente.

Pero Borges, de un modo radical, entiende que justamente la temporalidad originaria y fundacional del arte rebate dichas aspiraciones a reducir la *cosa* a su *mensaje*, la esencia a una de sus posibles derivaciones. Replica que la poesía no tiene que ver ni siquiera con el hecho de que se publique o no. Porque pertenece, dice, a un ámbito propio que enriquece el mundo, que lo mejora en sí mismo (sin *mensajes* ni moralejas), aunque a veces lo suplante, que lo dota de nuevas dimensiones, que es transformación cualitativa o transubstanciación de lo cotidiano.

Una idea que repite en varias entrevistas es también que uno escribe para el lector que es el propio poeta. Se escribe para la poesía y el poema se refiere a la dimensión donde sucede el arte. Por eso, presupone un ejercicio solitario que debe juzgar el autor y que sobre todo debe satisfacerle a él. La difusión de la obra es otra cosa, que atañe, dice, a libreros y editores, pero no es cosa del poeta. Menciona el ejemplo de John Donne, que jamás imprimió en vida sus poemas ni fue leído por más personas que tres o cuatro amigos. Leer y escribir constituyen un acto individual, un trato del escritor consigo mismo. La literatura, aun siendo palabra en el tiempo, trata de fundar un ámbito original, único, autónomo, una temporalidad humana que crea nuestras temporalidades concretas. Es mirando solo a ella como hay que trabajar, aunque ciertamente tenga consecuencias en el mundo de los seres de carne y hueso.

Es preciso ahora advertir que se han deslizado errores en mis anteriores textos sobre Borges. Pero solo mencionaré uno que solo ha existido un breve tiempo y al final no lo ha sido tanto. La pesadilla ha pasado. Se trata de lo que en el fondo sospechaba: ¿Cómo iba Borges a carecer de maestro de japonés para sus últimos días en Ginebra? Como es bien conocido, su viuda, María Kodama, era hija de padre japonés. Aún más, en alguna entrevista ella se proclama japonesa, antes que argentina, pues su padre la había educado de forma esmerada en la cultura y lengua japonesa. El caso es que yo recordaba, y recuerdo, vivamente que en la entrevista en que ella relata los días postreros de su marido, decía exactamente lo que yo casi he transcrito; es decir, que ella y Borges tuvieron que contratar a un profesor de árabe, al no hallar buenos profesores de japonés. ¿Será un error?, me pregunté. No deja de ser misterioso.

¿Qué diría Borges de internet? De algo tan gigantesco y monstruoso como la Wikipedia irrumpiendo en medio de las demás enciclopedias que ya nadie consulta y colando errores constantemente, inventando reinos y lenguas más reales que los reales. Hay versiones de la misma en idiomas inverosímiles, como los creados por Tolkien para *El señor de los anillos* o también una lengua hablada en un país inventado: el Reino de Redonda; o países que son islas diminutas que no llegan a ser más que un peñón deshabitado que ni siquiera aparece en los mapas ni en las cartas de navegación; quizás exista también el idioma hablado por un farero y su mascota, un hurón, en las heladas noches de invierno cuando suena el mar golpeando despiadado el faro. Hay versiones de la Wikipedia en latín y sospecho que pronto habrá en lengua sumeria, la primera lengua escrita en tablillas de arcilla que hoy se siguen encontrando en Irak por miles; o las que corresponden al habla de un puñado de vecinos que habitan los pisos de un bloque en una intersección de calles en Harlem, Nueva York; o en eslavo, madre de las actuales lenguas eslavas, como el ruso. En otros casos incluso se ha inventado una escritura para lenguas hasta el momento sin escritura, solamente orales, que pasan también a formar parte de la wikipedia. Pronto irrumpirán también alfabetos y distintos sistemas de escritura, por miles.

Hay que deplorar la avalancha de datos equivocados y ruinmente falsos en nuestras vidas. Quien añade citas al mundo añade dolor y más oscuridad. De todo se escriben flagrantes contradicciones y aún peor es que quienes buscamos con denuedo la verdad ordenando un poco Internet, somos los peores propagadores de errores. Por mucho cuidado que se tenga, los bulos se extienden incluso en medios y fuentes serios. Los blogs... La mayor Babilonia de toda la historia. Mientras Borges afirmaría que se hace urgente retornar no ya a los libros de papel impresos, sino a los manuscritos, como el bueno de Donne. El mundo se está derritiendo, abandonando su vieja solidez, como por otro lado confirman numerosos filósofos. Lo artificial compite con lo natural, igual que lo falso con lo verdadero.

A principios de siglo, yo disponía de la obra impresa completa de Borges, algún documental en DVD y sobre todo entrevistas que se podían leer online, pero todavía no *verlas*. Fue entonces cuando de manera paralela a la creación de mi biblioteca personal, que hoy me desborda, comenzó mi auténtica obsesión por Borges. Lo primero, claro está, fue adquirir los clones de aquellos libros que me prestaron en Ceuta. Y lo hice en una librería granadina que ya no existe: la Urbano. Con las pilas de volúmenes sobre mis pobres antebrazos y apoyadas en el pecho, me acerqué feliz al mostrador. Supe que cargaría con esos libros toda mi vida. Y en efecto, siguen en un lugar preferente de mi biblioteca; los ejemplares de la Biblioteca de Autor de la colección de bolsillo de Alianza. Los llevé a mi casa hace unos dieciocho años.

Leí sin parar a Borges y lo que él mencionaba en sus obras; me sentía más determinado por el mundo de Borges que derivaba belleza del escepticismo, del irónico dudar de todo, de la erudición vasta e inútil que enreda antes que aclara, de la bochornosa desmesura de las enciclopedias, la teología o la filosofía que apenas van más allá de la literatura fantástica, como exuberantes añadidos al mundo que tratando de realizarlo, lo cuartean. Me di cuenta de que Borges había postulado el canon como un leer sin canon o buscando desesperadamente un orden donde no lo hay. Un orden falso que como mucho nos ayuda a forjar nuevos textos que se desordenan.

Por mucho que tratara de ironizar e incluso reírme del mundo, este me seguía y sigue conmoviendo. Ahí resulta mucho más inteligente Borges, más fino, lo que por otro lado nadie duda era de esperar. Borges me emociona como nunca lo ha logrado ningún otro escritor. Tal vez porque me he creído demasiado sus fantasmadas. Durante la primera década del nuevo siglo puedo afirmar que lo leía a diario, y así ha sido durante diez años. Hoy también debo recurrir a veces a su estímulo, como quien visita un templo. Encontraba un consuelo en su elegante escepticismo y me seducía la amargura sublimada en bella aceptación estoica envuelta en fina ironía inglesa. Me enseñó que saber es ahondar en la herida, como asevera el Eclesiastés, y sobre todo hacer que lo real amenace con dejar de serlo. Restar importancia al mundo es el mejor consuelo que existe.No importa demasiado el mundo, y menos la verdad, pues esta se basa en maniqueísmos, mentiras y contradicciones. Hay todo un historial de pecados y vergüenzas detrás de la verdad. Una oscuridad que ya resulta imposible negar.

Numerosos párrafos, frases, versos de Borges conseguían que llorara. Y muy a menudo. Siempre era lo mejor que me había dado el día y lo que incluso lo justificaba. A veces la mitad de una frase o una sola palabra tocaba no sé qué fibra. Sus enumeraciones del universo; Proteo en la "unánime noche"; la muerte del autor, que no deja de ser una muerte y que sería un tópico de la filosofía de velatorio en la segunda mitad del siglo XX; el ser escritos por otro y no constituir más que sombras de lo que concibió Homero…; la melancolía y el tiempo; la salvación a través de una bronca de malevos "sintió el solitario cuchillo en la garganta"; los dioses y arquetipos que aguardan invisibles; la nacionalidad griega que en secreto ostentamos, pero también la huella de civilizaciones acalladas, periféricas; las lecturas de una persona como su alma; la esfera de Pascal.

A veces llegaba a estar todo esto en un solo soneto. Catorce versos. ¿Cómo podía lograr tal intensidad en los poemas? Es asombroso el modo en que conmueve "fríamente" con la elección afortunada de un solo adjetivo. La temperatura exacta. Borges ha construido un paraíso para nosotros.

Trato de evitar que esto degenere en confesión o teñirlo de mí, pues en verdad a nadie importa eso (aunque ya es irremediable y el daño está hecho). Pero es preciso resaltar que la decisión borgiana de no creerse el mundo e instalarse en el *carpe diem* de la literatura se ha constituido, miedo da reconocerlo, en un proyecto de vida. Un proyecto de vida que incluye el éxtasis. El éxtasis mayor que el mundo. Pero un éxtasis peligroso, que deslumbra. Como señaló Bolaño en alguna ocasión, quien se acerca al éxtasis se quema. Su salvaje fuego fulmina. Por tanto, fundar una vida en él es también condenarse. Hay que pagar un precio y escribir significa borrarse uno mismo o pasar a ser otro.

Cuando en una nueva entrevista le preguntan al escritor qué es la poesía, dice que solo nos cabe expresarlo con la misma palabra "poesía", sin más, sin justificarla con sinónimos, siempre más pobres, ni deslucirla con explicaciones que habrán de situarse en un nivel inferior de palabras imperfectas y menores en relación con la sencilla afirmación que se invoca con la palabra "poesía", ella sola. Pero ¿acaso esto existe? ¿No es una suma ingente de palabras lo que ayer, hoy y mañana forja lo poético? ¿O quiere señalar el argentino que lo poético está en el resto inalcanzable que postulan los poemas? Su no decir. Lo que callan.

Con el nuevo siglo me reencontré con relatos y poemas que desde entonces no he dejado de releer. En el caso de los poemas, además de los tres volúmenes, en octavilla, de la colección de bolsillo en Alianza Editorial que contienen su obra poética completa, he adquirido recientemente esta misma obra poética completa en un magnífico volumen encuadernado en pasta dura, que corresponde a una reimpresión de 2011, publicado en la editorial Lumen. También incidieron con fuerza sus ensayos, que me acabaron de noquear. A menudo la confusión entre géneros literarios, típica de Borges, recorre toda su obra, para mayor peligro y desconcierto. Destacaría el librito límite, con breves e intensos textos en prosa y poemas inolvidables, como el poema de los dones o los sonetos sobre el ajedrez o Spinoza. Los suelo leer a los alumnos en el comienzo de mis clases. Creo que este librito es la obra literaria que más me ha llegado a emocionar, como he señalado antes. Lo vuelvo a decir: se trata de *El hacedor*.

En un intento de sublimar el tiempo con el mito, con la ilusa voluntad de agigantarlo, decidí leer todos los 23 de abril, por ser el día del libro, algunos textos de este libro, *El hacedor*, pero siempre uno fijo: aquel que titula en inglés *Everything and nothing*; siempre este. Como otro texto cuyo título es como el título del libro, también *El hacedor*, y que trata del poeta griego que tiene la culpa de que existamos.

Se trata *Everything and nothing* de un breve recorrido sobre algunos aspectos de la vida de Shakespeare, sin que en un principio se diga que se está refiriendo a Shakespeare. Sobresale en la figura del genio inglés que nada de lo que se dice sobre el Shakespeare de carne y hueso, cuya muerte el mismo día que la de Cervantes determina la celebración del día del libro, nada de eso es cierto. La verdad es que la figura del Shakespeare real no existe y se confunde con su obra, que es lo único real, lo que perdura. Al mismo tiempo que el inglés ejecutó una obra magistral, su persona concreta desapareció, quedó ensombrecida por su propia obra. Igual que ocurre con la figura (la triste figura) de Cervantes. Nada de lo que se les atribuye a ambos está probado, no podemos creerlo con absoluta certeza. Se han tejido mitos sobre ellos. Incluso los retratos, al parecer no son verdaderos y los rostros famosos que han quedado para la posteridad como sus fieles imágenes no son sus retratos. Ni la perilla de Cervantes ni el pendiente del inglés son atributos de los hombres que fueron.

Ante esta rara impresión de que al hablar de Shakespeare estemos refiriéndonos a un fantasma y que no haya nada más que la propia obra y sus funciones y relaciones con otros textos a los que invoca o incluso debe postular (y no a la reprobable existencia de un autor), ante esta potencia del texto como tal, que absorbe a su propio autor, traza Borges su escrito, cuyo final cito:

"La historia agrega que, antes o después de morir, se supo frente a Dios y le dijo: 'yo, que tantos hombres he sido en vano, quiero ser uno y yo'. La voz de Dios le contestó desde un torbellino: 'Yo tampoco soy; yo soñé el mundo como tú soñaste tu obra, mi Shakespeare, y entre las formas de mi sueño estabas tú, que como yo eres muchos y nadie".

Relataba Borges, en otra ocasión, que Jonathan Swift, el obispo irlandés autor de *Los viajes de Gulliver*, anduvo loco en los últimos años de su vida, sin recordar quién era ni su propio nombre. Recorría como un sonámbulo las estancias de la casa que habitaba en Dublín y solo se le oía decir, cuando franqueaba las puertas de las habitaciones, un bíblico "yo soy el que soy", "I am who I am". Se afirmaba para ser, se recordaba a sí mismo que existía, que era real y que estaba vivo, a pesar de haber olvidado su propio nombre.

Pero no somos dueños de nuestro destino. A menudo Borges también señaló que los dos primeros viajes de Gulliver han acabado siendo cuentos infantiles, en un libro cargado de ácido sarcasmo y amargura, que pretendía plantear críticas a la mentalidad e ideas modernas, a la tecnificación del mundo o incluso al colonialismo, evocando la miseria de su propia Irlanda. En cierto famoso opúsculo desarrolla Swift una ironía brutal, que se pasa de la raya, cuando defiende apoyándose en impecables cálculos, sopesando los costes y los gastos, que para acabar con el hambre y con las clases pobres generadas por el capitalismo, solo había que dar de comer pedazos de niños pobres a los ricos. Primero, claro, se engordaría a los niños pobres alimentándolos bien. Los pobres crecerían bien nutridos y felices, con lo que se ahorraría su sufrimiento, pero para ser sacrificados y comidos por los ricos una vez lleguen a la edad adulta. Todos salimos así ganando. Se cancela el sufrimiento y se ahorra problemas al sistema, además de amortizarse los gastos que para el Estado representan los pobres. No he leído páginas más bestiales en mi vida.

Señala además Borges, en otra entrevista, las versiones que nos han llegado del bíblico "yo soy el que soy" con que Yahve respondió a Moisés cuando este le preguntó su nombre. La versión más acertada es la que con razón entienden la mayoría de los teólogos: que Dios se presenta como el único con derecho a decir que *es*. Todo lo demás, la Creación, los hombres, formamos parte de su sueño. La segunda la expuso, señala Borges, mi muy querido filósofo judío Martin Buber, que atribuyó a Dios en su respuesta una cierta aversión a decir su nombre, que prefirió ocultar pronunciando en cambio la extraña frase que recoge el libro del *Éxodo*.

Apenas quedan unas migajas de las lecturas pasadas y futuras. La principal es el consuelo que hallamos en una singular fe *inversa*: que ni el mundo ni el hombre ni ninguno de nosotros, usted lector y yo triste amanuense, existimos. Todo invita a creer que la verdad y el ser están del otro lado y, aun peor, quizás no haya nada al otro lado.

El lado de los arquetipos, los símbolos, los mapas y esferas, de las enciclopedias, de los libros. Pero lejos de vivirse esto como una tragedia, es sublimado por Borges en una experiencia feliz. Es el mito lo que se sitúa al principio y al final o la poesía, que viene a ser lo mismo. La lectura de Borges nos ha conducido a este manso y hedónico nihilismo. Fundar en esta nadería la experiencia del mundo puede parecer un triunfo del infierno, pero invoca también el Paraíso.

Que fuera esto lo que presintiera bañado por una luz diferente en un verano perdido en los perdidos ochenta es apenas un postulado que puede esbozarse hoy y tal vez no mañana. Si fueron dichas tensiones y aporías de lo terrenal lo que me sedujo en secreto, no formuladas ni verbalizadas entonces, este boceto ostentaría la belleza del círculo en que comprendemos el pasado por el futuro y viceversa. Según esto, nunca habría escapado yo de aquel año 1986, y podría decirse que todavía me baño en aquel mar y existo bajo aquel sol. Pero también yo, en el presente, es decir, quienredacta este texto en 2018, estaba fantasmalmente en aquella playa a mediados de los ochenta. Pero a estas alturas no se puede afirmar a ciencia cierta ni siquiera esta bella idea, ni la otra más hermosa de que en algún momento futuro retornarán la playa, los diagramas escritos en la orilla y la avidez juvenil por Borges. Quizás vuelva a no entender a Borges, pero desearlo. Quizás tampoco lo entiendo hoy. Quizás no importa Borges. En cualquier caso, el argentino que ironizó con su propia nada ha supuesto, a su pesar, el papel de un símbolo que ha persistido como algo constante, como un arquetipo más verdadero que yo mismo y que el propio Borges. Mito, sagas heroicas, la prosaica llanura manchega devenida en sueño, confundida con el texto, para que la habiten todavía el caballero y el escudero. Seguirán existiendo después de que dejemos de existir, como lo último que resistirá obstinadamente a la corrupción y el tiempo.

No tiene gracia

Todo se ha precipitado en las últimas semanas. Nunca creí que pudiera ocurrir. Es irónico que toda mi vida me haya estado riendo de esta posibilidad. Porque era impensable. Por mucho que evocara la muerte jamás me había visto en el concretísimo trance de toparme con ella. Es esta posibilidad cierta la que me hace entrechocar los dientes mientras sufro. Tengo miedo y pienso que es razonable que un hombre programado para sentir miedo tenga miedo ante algo que no es algo, un algo en el que dejan de ser *algo* todos los *algos* y de lo que como mucho solo puede afirmarse que es viscoso. En fin, estoy muy nervioso. Me debato en este ensueño en el que quiero creer que lo que está sucediendo no es cierto. Pero resulta que es cierto y está pasándome.

Hace una semana fui detenido. Ahora sé que, al mismo tiempo que no quería creerlo, sí había algo en mí que me hacía desearlo y que incluso lo provocó. Sin duda me lo he buscado. He soportado el miedo aunque a ratos no he podido evitar aterrorizarme. Otras veces he flotado en un mar de quietud. Cuando me sacaron de mi casa a rastras, obedecí a todo y apenas pude sino balbucir algunas palabras, con un raro mareo, como si todo sucediera a cámara lenta.

Me supe culpable desde el momento en que asumí una lucha que pretendía dirigirse al mundo. Los agentes me enseñaron su documentación y me pidieron que les acompañara. Tuve que dejar las cosas a medias y me angustiaba que fuera así, tener que dejar en plena vulnerabilidad mis cosas y mis textos, la periódica actualización del blog y, sobre todo, mi biblioteca. Toda esta incertidumbre se manifestó en varios "pero... pero" de sorpresa, exclamados con garganta ronca, mientras alguno de ellos, cuya cara no pude apenas discernir por mi crisis nerviosa, me ponía unas esposas. Era la primera vez en mi vida que me esposaban y puedo dar fe de la sensación de vulnerabilidad e impotencia que se siente con las esposas puestas. Uno queda reducido a nada. Temí que las apretaran demasiado y me lastimara la circulación, lo que intenté evitar rogándoles que las aflojaran. Resulta curioso que lo que mejor recuerdo de todo aquel nerviosismo e incredulidad fuese la identificación de uno de ellos, de color vivamente amarillo. Parece que el amarillo es el último color que se pierde cuando uno se queda ciego.

No tengo excusa. Me había expuesto y tengo toda la culpa por haberlo hecho, cuando con ligereza juraba que estaba dispuesto a cruzar el "punto de no retorno", es decir, el momento en que tu huella en internet te puede comprometer gravemente en casos como el que ha acabado sucediendo. Así que razones sí que había para proceder a mi detención, porque mi actitud ha sido despectiva y desconsiderada.

Todo empezó hace unos tres años, cuando decidí acometer el problema de los desahucios. Eso me hace culpable, como digo, desde cierto punto de vista y el gobierno no carece de lógica. Un gobierno que calificaría de pulcro, sistemático, de artesano del orden. No puede achacársele falta de organización. Es cierto que hay abusos, pero son un mal menor, y he comprendido demasiado tarde esta necesidad racional. Así que estaba francamente equivocado, por culpa de los libros. Lo extraño de esta situación es que soy reo de un gobierno al que amo. Me lo dieron todo. Sí, digo bien, incluso después de las atrocidades vividas en la última semana.

No siempre han sido horribles estos días de arresto. Después de experimentar la reclusión, la desorientación, los interrogatorios, los golpes, he visto la amistad. Debo decir que esto es, dentro de lo que cabe y si no fuera por la certeza de la muerte, hasta cierto punto llevadero. Al principio intenté negociar, después del sobresalto inicial, de la ansiedad por dejar atrás mi casa, momento en que me decía a mí mismo que mantuviera la calma, lo cual no me fue posible cumplirlo. Insistía, con actitud razonable y frases cortas, claras, en mi inocencia o, digamos, en mi escasa culpabilidad.

Una vez llegado al lugar de detención, mi reacción fue desternillante, es decir, me sobrevino una carcajada imparable junto al franco deseo de bromear y de confesar todo, colaborando, mirando con tristeza a los agentes pero muerto de risa. Un hombre metódico me dijo paternal "¿crees que esto es un juego?". Y tenía razón, era una observación llena de lógica ante mi risa disparatada y mis intentos de confraternización. Admito que actué sin la seriedad propia de la situación. La cruda verdad es que he sido infiel a quienes me dieron de comer y el cobijo, los libros, la casa. Ahora lo he podido entender en medio de mi desgarro, así que lo que quisiera hacer con toda el alma es arañar el tiempo y recuperar mi vida lejos de la lucha sin futuro, fuera de toda falsa esperanza.

Lo más admirable del interrogatorio ha sido el método, la forma de hablar de los agentes, que enseguida se tornó conciliadora. Lo atribuí a una cara redonda y llena de paz que creí haber visto, como la de un Papa. Alguien estaba ayudándome. No sabía quién, pero estaba seguro de que muchos que participan en estos trámites lo hacen de mala gana y no dejan de manifestar sensibilidad, sobre todo en los primeros momentos de desconcierto en los que cuesta reorganizar todo el aparato gubernamental. Yo insistía en manifestarme como soy realmente, bondadoso y humano, aunque me llovían golpes que han hecho que ahora me cueste abrir los ojos y por los que tengo la cara hinchada. Poco a poco me dije "esto es lo que se siente", "esto es estar a punto de morir, esperar la muerte inminente". Es decir, estaba cumpliéndose mi peor pronóstico.

Se ve que he sido afortunado al mantener la lucidez hasta el final, aunque es cierto que no recuerdo exactamente quién es mi alma gemela, quien en medio de todo este fregado me está ayudando, la cara redonda. Por momentos he olvidado mi propio nombre, no sé si es de día o de noche, desconozco a qué lugares me han ido trasladando, nadie me ha informado sobre mi ordenador, mi casa, mi perro y mis libros, pero he sabido usar defensivamente el humor. Anteriormente la risa me había salvado y en estas singulares circunstancias he querido, también, partirme de risa. Pero ellos no han entendido mi alegría y mi franqueza, por lo que se sucedieron golpes en las costillas hasta que me torné apesadumbrado y taciturno. De hecho, acabé aprendiendo que debía disimular mi risa, sobre todo para no empeorar la situación de mi alma salvadora, del ser angelical que se compromete por mí y que ha permitido que dentro de lo malo, esto esté resultando un poco más llevadero. Es esta misma alma bondadosa quien me ha prestado papel y bolígrafo para culminar decentemente mi vida. Esto es un enorme privilegio, porque lo que suele suceder es que no te da tiempo a nada, que por definición, estas situaciones consisten en que te despojan de, al menos, la gracia de unas últimas palabras. Quizás sea esa alma caritativa que me ha dado los útiles para escribir la que en algún momento me ha dicho, porque creo que alguien me lo ha dicho, que me preparara para morir y que por no sé qué amistades, me permitía dejar un último testimonio, una carta, pero yo he pensado que debería ser un poema, apresurado pero hondo, palpitante, certero. El poema resplandecerá como mi testamento. Se lo darán a mi familia, dicen.

¿Debo dejarme llevar? ¿Debo suplicar? He decidido no hacer esto último porque ya se ha manifestado que es inútil. Pero incurriendo en una suerte de heroísmo he visto que debía morir como murieron muchos grandes hombres, con dignidad, sin rogar más veces por mi vida. Ya he rogado demasiado, más de la cuenta.

En esta hora definitiva sé que debo concentrarme en la inmortalidad. Se trata de dejar una huella para nadie, pero dejarla. Mi corazón se abisma y puedo tomarme en serio la verdad y el destino, sin la ominosa carcajada que he estado profiriendo todo el rato. El problema es que resulta duro, absurdo y cruel verse así, con una culpabilidad a medias, o con la única culpabilidad de haber escogido una torpe militancia. Pero ahora se trata, como me ha informado mi ángel, de morir, y confieso que, igual que jamás habría creído seriamente que podía haber un estado de excepción, me ha costado y me sigue costando encajar que voy a esa opacidad que está más allá de los adjetivos que se usan para calificarla, donde uno ya se queda para siempre. No puede decirse nada de ella, ni que sea lúgubre, ni luctuosa, ni terrible. No importa lo que se diga. Es un muro sin nada detrás. Un muro opaco.

He escrito "¡Oh universo que se precipita, yo te modulo!". Es mi último mensaje, porque todo el poema debe concentrarse en un único verso, ya que no hay tiempo para más y me pegan, debe ser por tanto un aforismo que viva por mí, que permanezca para siempre. Por esto mismo, mi verso debe ahondar en la atmósfera hiriente, rasgando la materia. No se trata de hablar al universo, que después de todo no sabemos qué es, sino de seguir siendo hombre para siempre, por lo que corrijo mi verso y lo recompongo en este sentido: "Oh vida, oh muerte atroz, tú me modulas". Creo que esta versión corresponde mejor a la realidad, pero todavía hay algo vago e impreciso. Así que recompongo una vez más mi verso como "Oh, universo, yo quise y quiero ahora". Ignoro si alguien, una inteligencia extraterrestre, vería en estos términos siquiera mi sombra. Porque un cierto sucedáneo del Gran Testigo que postulamos o la Gran Memoria serían las inteligencias extraterrestres para las cuales uno puede brillar en su singularidad. Así que ahora me dirijo a ellas: "Oh, extraterrestre, he brillado". Pero recuerdo que también el sol está condenado a apagarse. Me siguen pegando.

Me desespera comprobar que no sé qué debo escribir y me lastima, me hace la muerte más insulsa. La verdad es que no sé qué pensar, qué decir en mi último minuto. No he sabido nada, estoy pagando el precio de una prolongada estupidez, no me he aclarado nunca y, lo que es peor, se me antoja que esto no vale para nada, que mi empeño de dejar un verso es inútil. Sigo sin saber qué decir ni qué hacer ni qué pensar. Admito que es imposible legar nada incorruptible. Así que podría decirse que muero de manera que solo sobrevivirá este desconcierto, esta grave equivocación que ha sido mi vida acaso unos segundos tras mi muerte. No de modo definitivo, porque no hay nada al otro lado. No hay para siempre. Y por mucho que quiero reír otra vez a mandíbula batiente, no puedo, esto es demasiado serio, de una gravedad que me supera. No tiene la menor gracia.

Aquella mujer

Aquella mujer tumbada sobre la cama, que miraba al techo con los ojos muy abiertos, inmóvil, me pareció un cadáver que ni siquiera se inmutó cuando entré por equivocación. Tumbado bocarriba su cuerpo menudo, extrañamente vestida y acicalada, parecía soñar despierta o estar alucinando. Fue ella quien más tarde, con naturalidad me leyó el alma en un instante de vértigo. Se me quedó mirando sentada. Vestía su viejo cuerpo con coquetería y se maquillaba los ojos como india o gitana. Entonces, me dijo lo que había conocido en su selva remota, lo que en aquel momento también veía escrito en mi alma. Y con sencillez me lo contó...

El bien

No cabe la menor duda. Cada día de gozo ha supuesto la prueba que, irrefutable, demuestra la bondad de quienes abrigan mi cuerpo de la nieve, calman mi sed y me abastecen con delicias. Por tanto, nada tuerce hoy mi conclusión, que es cierta no porque los cuidados hayan abundado y la costumbre de un largo cariño torne más probable este cariño, sino porque no se puede amar de verdad un único día sin que ese amor sea eterno. Un solo día de sincero amor es ya la eternidad del amor. Un solo día feliz es ya la felicidad para siempre. Uno solo basta para refutar esta llama que me abrasa y el hecho de que me están asando y el cuestionable dato de que giro tontamente sobre mí, mientras ellos se relamen y esperan mi metamorfosis para devorarme despiezado. Lamento no poder brindar con ellos.

Tentación nocturna

¡Lo juro! ¡Ya no más! ¡Es la última vez! ¡La última noche! En adelante seré más prudente y no lo volveré a hacer. No se repetirá la angustia, no arrostraré de nuevo la nada de las calles heladas, temibles, pura desolación de piedra en la maldita noche. ¡Me arrepiento! Así que mañana será la última resaca de mi vida, cuando cumpla las horas que le quedan a esta noche que acaba de empezar y que ya me hunde gratamente.

El versículo

Yo he venido para echar fuego sobre la tierra; y ¡cómo quisiera que ya estuviera ardiendo!

Lc, 12, 49.

Es sencillo. Todo remite a un solo versículo. ¿Por qué seguir rebuscando? No otra palabra ha sustentado el edificio, ni otra verdad es la que ha pasado de mano en mano, de fatiga en fatiga, de éxtasis en éxtasis. Un versículo. Palabra humana, palabra densa y tumultuosa de los hombres, pero que se debe solo a sí misma. Ni siquiera a Dios. Solo a sí misma. Mundana y terrenal.

Ya no hay tiempo para engañarnos. Ni para plantear la falsedad de este artefacto lógico que nos constituye. Hemos sido sus fieles esclavos. Solo que ahora, ¡ahora!, cobra forma y casi puede tocarse. Lo veo, lo veo. Asisto a la pura epifanía. Al cenit.

¿Seré capaz? ¿Estoy a la altura de esa palabra? Estuve a su altura, creo. Sí. Aunque no puedo ser un *cooperante*.

Tampoco un héroe, ni siquiera un soldado. Pero fui... no sé. Estremecido, fui.

El viaje, insano, ya fue insoportable. Que no nos quieran convencer de que se puede viajar realmente a tal velocidad, a varios kilómetros por encima de la tierra... ¡volando! No es lógico, no, no. La travesía sobre la ciega masa de agua y sal, inmensa, descomunal, vislumbrada abajo, muy por debajo. Una ruta tortuosa que en pocas horas roza los hielos del Círculo Polar Ártico, desde Madrid, y que desciende por la costa Este estadounidense. Lovecraft, Poe, Dickinson, Hawthorne, Whitman. Después La Florida, Cuba, el cielo sobre Kingston, Jamaica. El Caribe. Otro modo de calor, otros vapores, otro magnetismo terrestre que esperaban allí, a años luz de mi circunstancia. Sabía o temía que iba a algo remoto, a otro *medio*, otra *materia*. Todo me pareció, en efecto, extraño, perturbador, monstruoso. Europa un simple continente pigmeo, en miniatura. Pero aquello, Dios mío, aquello. El propio aterrizaje del gigantesco avión, con la inercia tirando de mi cuerpo hacia delante ya me previno acerca de lo que me esperaba, algo inmenso que me iba a sobrevenir. Porque, además, cuando tomaba tierra en medio de un vergel con algo de selva, exuberante, verdísimo, fue recibido por relámpagos que caían por pares, acaso veinte, una barbaridad. Una simple tormenta en una tarde cualquiera para ellos. Obvio, característico. Nada de qué sorprenderse. El pasaje parecía tomarlo con naturalidad.

Cansado salí del avión y me encaminé a la terminal de pasajeros, donde me aguardaba alguien que hablaba mi lengua, porque estaba en un país donde se habla mi lengua, lo que era asombroso. Era extraordinario escuchar y entender lo que allí se hablaba y muy extraño que los grandes carteles publicitarios fueran legibles para mí. ¿Cómo era posible? ¿Es que lo estudiado en el colegio era cierto? Me resultaba increíble. Así que anduve incrédulo, como si estuviera viviendo un sueño. Pero no podía evitar escuchar esa candencia jamás escuchada antes. Ni puramente caribeña, ni mexicana, ni colombiana ni venezolana, ni argentina, esa hermosa cadencia era el modo salvadoreño de invocar la lengua común, me decía. Y todo era un inmenso vapor, una enorme sauna, cuando salía del aeropuerto con las maletas hacia el coche que me llevaría al centro mismo de mi existencia.

La noche tropical ya había caído, su sofocante manto. Pero aún en las sombras, sentía a los árboles grandísimos, las aves que gritaban, el zopilote aguardando a la mañana para sobrevolar aquel cielo altísimo y lleno de electricidad. Tardé en llegar una hora quizás, pero llegué. Al bajarme del coche todo era... !!!!!!!!! La gente actuaba con naturalidad. Saludé a todo el mundo. Y alguien me mostró mi habitación. Había llegado a la residencia, situada dentro, dentro de lo que me llamaba irresistiblemente en la noche. Elocuentes zumbidos. Insectos raros, enormes.

Se estaba bien en la residencia. Humilde pero con calor humano, con gente que iba y venía. Sentí que allí había algo para mí muy conocido, muy familiar, quizás un borroso espejismo. Como si hubiera ya estado antes. Había un retrato de los mártires en la pared, más arriba del televisor. Los reconocí.

Dormí a deshora por culpa del *jet lag*, aturdido, mientras la vida sucedía fuera. Me dormí con un sueño pesado. Pasaron horas, acaso días. Fui poco a poco encajando mi naturaleza en aquella naturaleza, acoplando mi ritmo con el irresistible ritmo del Trópico. Cuando comencé a moverme por allí observé que todo parecía muy sencillo, que las cosas más extraordinarias ocurrían ante la indiferencia de todos. Con la indiferencia de todos. Si por lo menos pudiera, me dije, creer en Dios.

Desde primera hora, sin embargo, a mí no me fueron indiferentes esas cosas que parecían estar brotando de mis sueños. Como si a pesar del impacto recibido, fueran verdades muy mías, de toda la vida. Aquello tan lejano pero tan cercano. Por decir algunas: las tenaces filas de hormigas que transportan hojas, cruzando el campus en su extensión, por el suelo, entre la gente. Vivían en la Universidad. Otras transportaban huevos y crías. Una actividad frenética paralela a la de los seres humanos. Avanzaban en pequeñas oleadas que se entremezclaban con la rutina del Campus. Las que yo creía habitando en la Amazonia, en selvas remotas, vivían en medio de la ciudad. ¿Es que nadie se asombraba de aquello? ¡Si era maravilloso! Cortando y transportando hojas frescas ante la indiferencia de todo el mundo. No podía creerlo.

Más pruebas de que todo era un sueño: el encuentro excepcional con una mariposa grande como la palma de mi mano. ¡O un tucán con un pico mayor que su cuerpo! ¡También colibríes menudos y nerviosos! Y un inesperado bullicio a las cinco de la mañana, bandadas de aves sobreexcitadas que se introducían en mis sueños, mientras dormía. La lluvia como cataratas rompiendo sobre uno. El cielo desplomándose sobre uno. Sin embargo, indiferencia, siempre indiferencia. Turistas, nativos, sin sorprenderse de nada.

En el museo nacional de bellas artes vi tonos rojos, todo encarnado. Hasta una sotana ensangrentada en un cuadro atroz. En el museo arqueológico divinidades extrañas, grotescas, aguardando ritos inhumanos. Todo por un lado muy ajeno, muy distante, pero por otro lado, encajando conmigo, conectando con algo básico, algo primario que todavía desconocía qué era. Un embrión, una semilla, una fórmula, una médula espinal. Y el vértigo.

Algunas tardes fuimos a escuchar jazz o música de Jimi Hendrix en casa de alguien. En otro sitio. Tomamos ron, un ron excelente. También hubo una tertulia de escritores e incluso asistí a una conferencia de Galeano entre los retratos inmensos del Che y de Roque Dalton, flanqueado por ellos. Sus aforismos, poemas o prosas poéticas se manifestaban ante mi asombro con un brillo que jamás habían tenido antes, como si hasta entonces hubieran sido incomprensibles y hubiera que cruzar el Atlántico para contemplarlos en su verdad, en su forma y sustancia más real. Eran muy elocuentes, como nunca los había leído o escuchado. Y la música de salsa, el merengue, ¡incluso el reggeaton!, sonaban como nunca.

Contraje un dengue y fui brevemente hospitalizado, pero tuve que soportar algunas secuelas y sentía una debilidad en el cuerpo y en el alma todo el tiempo. Entre el cansancio y la sobreexcitación. Me ayudaban, me visitaban. Charlaba con todos. Celebraba después con ron y caipiriña cada día bendito, cada jornada irreal, cada rayo del sol de aquellas latitudes. Me sentía convaleciente. Esencialmente convaleciente. Todo mí confrontado a algo sobrecogedor, aun sin su forma material. Se abrieron ventanas y fui comprendiendo todo poco a poco. Pero nunca cesaba la tensión insufrible y me sentía zarandeado por una corriente poderosa, en medio del curso de un río infinito.

Hice amigos, grandes amigos. En las conversaciones, la economía, la guerrilla y la guerra civil finalizada en 1992, por supuesto los mártires asesinados en 1989 o antes Monseñor Romero. Alguien aseguró que Romero no quería morir, que temía a la muerte y que era lo más opuesto a un loco o a un suicida. Su exclusivo e incondicional amor a la vida es lo que lo llevó a la muerte. La paradoja del mártir.

Antes las balas entraban por esta puerta y salían por la otra, donde estamos sentados ahora, decía el viejo guerrillero. En la zona de control, aseguraba, no existía el dinero y todo se compartía. Nadie moría de hambre. Otro confesaba haberse encomendado in extremis cuando una incursión de las tropas se adentró donde estaba este hombre que sentía su muerte tan cerca.

Yo no creo en Dios. O mejor dicho, no sé si creo o no creo. Sé de una palabra viva, actuante, como una conmoción habitando el lenguaje y la historia, un alma cuyas reverberaciones han llegado a modularme. Quizás sea esto lo que por comodidad o fantasía llamamos Dios. Sí es cierto que allí sucedió ante mis ojos una poderosa epifanía. Al menos esto es lo que puedo decir de aquella Verdad que ocurrió ante mis ojos. Una palabra, pues se trataba de una verdad expresable, que progresivamente fue materializándose, como si pudiera por fin leerla fuera de mí, pero que había estado dentro siempre, toda mi vida. Sencilla palabra humana. El versículo. Un par de frases que parecían agigantarse como un titán, entre aquellas montañas de Chalate, o con la visión del Pacífico, cuando sentía que en mis piernas estremecidas tiraba la corriente inmensa, o la misma palabra incendiaria vomitada por los volcanes. Caí en la cuenta. En el apenas mes y medio que estuve sufrimos un huracán, una erupción volcánica de algún volcán cercano a la frontera con Guatemala, el lugar más fresco y agradable donde se encuentran los cafetales. La ceniza vomitada por el monstruo llegó a San Salvador. Y también hubo un temblor sísmico de cierta consideración que nos hizo escapar de los despachos asustados, corriendo para alejarnos cuanto antes de los edificios que en cualquier momento caen sobre uno y lo entierran vivo. Todo natural, cotidiano.

Y esa alma profunda habitando mi cuerpo, esa palabra viva, se iba tornando más evidente, como si todo ardiera en un incendio brutal. Una lengua de fuego. Así se me hizo obvio en la pequeña iglesia parroquial llamada Jesucristo Liberador, cuando iba a no rezar, a guardar silencio, a admirarme. Parece una casita más en el Campus, nada recargada. Porque la palabra que me estaba sobreviniendo se expresaba así, sin florituras. Desnuda, pulsional, rediviva. Yo sentía haber estado allí antes. Allí comenzó a hacerse obvio no solo aquella palabra, sino, concretamente, aquellas palabras. Un versículo que lo era todo, que estaba actuando, como un motor. Con el efecto de un dios, pero sin serlo. Porque nada de esto, de lo que pasó, prueba la mano de ningún Dios *al uso*. Eran un puñado de palabras muy determinadas, muy concretas y perfectamente legibles. Como si algo que llevara conmigo estuviera allí presente de un modo que no lo estuvo antes. Eran también materia.

Clamorosamente en la capillita estaba aquel cuadro estridente y espantoso, de un inflamado expresionismo, como una agonía, los mártires en medio de un incendio, con bastante sangre. Digámoslo de una vez, despacio y con total claridad: INCENDIO, es decir: IN-CEN-DIO. Y las horrendas pinturas de personas torturadas, en el fondo de la iglesia. Pero delante, en el mismo altar, figuras y cruces naturales, graciosas, llenas de colores simples y un cierto estilo naif. Motivos indígenas, campesinos, mezclando evangelio con la vida corriente y el maíz.

En la pequeña y alegre capilla, que irradia su alegría sin cerrar los ojos al horror, al horror obsceno pintado al fondo, un mural de dolor verdadero y muy real, en su fondo, parecía encajar y vivificar el versículo sobre el incendio. Era preciso subvertirlo todo. De nuevo este mandato, el versículo, aparecía llameante, se encarnaba ante mis ojos, se exteriorizaba para volver a mí como una lejana sinfonía y tomar de nuevo mi vida y hacerme gravitar, gravitar constantemente, como siempre, como será hasta el final, hasta mi muerte.

Con la misma calma, con serenidad y silencio, en el Centro de Estudios Teológicos, se accedía a dos lugares donde estaba también el versículo o la frase o la palabra llameante, de nuevo. Me di de bruces contra ella. El primero, el museo, el Museo de los mártires, es estridente, brutal, desesperante.

El dolor parecía haberlo vencido todo, pero al contrario, la palabra, el versículo, latía fulgurante en él. Allí estaba, encarnado y concreto, el versículo, presto a cambiarlo todo. ¿Quién vencerá?

Hay que decir que todo parece, a pesar de sencillo, de algún modo también aparatoso. El versículo parece estallar, está por donde vaya uno, en la atmósfera tropical, en el altísimo cielo y en el sol que casi lastima y nubla la vista. Algunas noches son también sofocantes.

Aquel incendio, supe, ha sido el mismo incendio que muchos años antes me incendió. Es decir, yo y ellos no somos más que la acción de una palabra que vence al tiempo. Una palabra que se teje en la historia, y pasa de mano en mano en el abismo. De este modo ha habitado en mí, pero jamás la vi tan clara como allí en esos días. Fue un éxtasis, una epifanía refulgente. No puedo decir que este *fenómeno* sea algo verdaderamente divino, en el sentido de lo sagrado como lo que ni nos toca. Esto no solo me toca, sino que vive en mí. En torno a un puñado de palabras se puede construir todo el edificio, lo que llamamos alma. Resulta que había estado siempre: en la infancia, en la mansedumbre y en la pesadilla, en el cuerpo y sus transformaciones, en la escuela y el instituto, en las alucinaciones, en el secreto rito del Fénix, un secreto a voces. Ese versículo inflamando la historia, refulgiendo en los s recuerdos, en la universidad, en muchos atardeceres que no por esperables y tópicos dejan de mostrar el infinito, en la tensión y el hambre, en los bautizos de fuego que nos asolan en una vida que acabará perdiéndose en la nada, en los libros, en la noche, en Shakespeare, en Cervantes, en Borges, en la tibia mano del padre, en las estrellas, en la arena, en los juncos, en la sal, en los perros, en las fragatas, en los locos... estaba allí, siempre, incandescente. La palabra.

Es la gema, el sol en torno al cual descubro que he gravitado, lo único que sé, lo que espero desesperado, el éxtasis que algunas personas instalaron en el cuerpo vacío del neonato, del neonato que fui, para vivificarme. Todo ardiendo en secreto.

Pero no, no creo en Dios.